やさしさをまとった
殲滅の時代

堀井憲一郎

講談社現代新書
2232

まえがき

朝まだき、隅田川の河口を離れ、静かに進みゆくタグボートがまずあった。大川を曳航してゆく小さい船々。

永代橋から南に見えるその風景が結晶し、私にとっての東京の象徴となった。

そこが石川島だと知ったのは少しあとのことである。

やがてそこには高層マンションが建ち並び、あらたな東京の象徴となった。

大川端に林立した高層タワーマンション群は、東京がなにかを夢見ていたひとつの象徴である。１９９０年代の夢の結晶といってもいいだろう。

ただ、大川端の高層マンションというのは、90年代にしか見られなかった夢なのである。

それからなにかが変わった。

東京ディズニーランドのアメリカ河を航行する「蒸気船マークトウェイン号」という船がある。

三階建ての大きな船である。いちどに乗れる乗客数は450人余。ゆえに、いつもさほど待つことなく乗れる船である。多くの乗客は三階まであがり、その高い位置から周遊する風景を眺める。

この三階のもうひとつ上に「操舵室」がある。

かつて、この、操舵室に入ることができた。

ふつうの乗客でも頼めば乗れた。

入り方は簡単である。入口の係員に「操舵室に入りたいんですが」と頼むだけであった。

さほど混んでることもなく、頼めばだいたい次の船の操舵室に入れてくれた。

係員に案内され、VIP待遇。係員数人に囲まれて狭い操舵室に入ってしばらく見学したあと、まず汽笛を鳴らさせてくれる。紐を引っ張ると大きく汽笛が鳴る。そのあと、操舵してみますかと言われ、大きな舵輪を動かさせてくれる。といっても、一定の軌道で動いてるようなので、くるくる動かすというわけではなく、係員に言われるとおりに少しづつ動かすだけである。一度、おもいっきり動かそうとしたら、数人の係員が必死で止めようとしたことがあったので、船の航行に関係ない操作というわけではないようだ。

しばらく操舵したあと、最後に記帳ノートがあり、記念のサインをする。写真も頼めば撮ってくれる。数回、デートで使った。

もとはホイチョイプロダクションが本に書いていたことである。そこそこ売れた本なので、ある程度の人間には広まったはずであるが、ディズニーの入場者規模と、そこそこ売れた本の部数では比べものにならない。おそらくかなりのベストセラーでも、ディズニーランド3日分の入場者数を超えることはなかなかむずかしい。つまり「すごく売れた本に書かれていたこと」でも、ディズニーランドという日常規模では簡単に埋没してしまう、ということである。

90年代の半ばにこのサービスを知って、年に一度くらいの割合で使わせてもらっていた。たしか94年から始めて98年くらいまではごく平穏無事に簡単にＶＩＰ待遇を受けられていた。

変わったのは90年代の末からである。１９９９年ころから、知る人が多くなってきた。マークトウェイン号入口で頼むと、すでに何組かが申し込んでいて、操舵室に入るために三つ先の乗船になった。一周15分ほどかかるので、45分ほど待つ。大きめのカードのようなものが用意されていて、それを持って待つことになった。２０００年代に入るころから何かが変わりだした。

かつての、知る人ぞ知る、というものではなくなった。

カードを持たされて45分待たされてから、行かなくなった。もう、このシークレットサービスは長続きしないだろう、とわかったからである。さびしいことではあるが、しかたがない。

おとなの遊び、のようなものだったのだ。

知ってる人だけがやってくる。ごく親しい人たちには知らせるが、大きくみんなに知らせたりすることはない。だから静かに知られている。知る人ぞ知る世界である。大きく知らせるとつぶれてしまう、ということがみんなわかっている。一回の航行でひと組しか案内されないサービスなのである。大きく広く知られてしまったら、このサービスはなくなってしまう、ということは、ある程度の勘働きがある人間なら、だいたいわかることである。

そういう、知る人ぞ知るというサービスが、あの巨大な人気施設でも継続されていた、というところがおもしろかった。

当時も、少しは多く広めようとした人もいたのだろう。でも、個人がマスに働きかける力はなかった。思想信条や、政治経済に関するようなこと、つまりは多くの人間の生活にかかわること以外は、マスメディアを使うものではなかった。ディズニーランドでの楽しい工夫や、テレビで見つけたちょっとした間違いなどは、自分とそのまわりだけで楽しむものであった。

それが90年代の後半から、違うようになっていった。明確に変わったのは00年代に入ってからである。ごく小さい情報が、あっという間に広まる、という世界が成立していったのである。


きわめて大きな変動である。

この変動の特徴は、暴力性がわかりにくいところにある。すべての大きな変革は大きな暴力を伴う。有無を言わさず地上から消されてしまうエリアが存在する。それが変革である。有無を言わさず消される、というのは、激しい暴力である。

しかしこの00年代の変革は、表面的な部分での暴力が見えにくかった。力を感じさせない暴力的な変革である。やさしさをまとった殲滅が、いろんな部分で企図されている、ということである。やさしさをまとうのは、世間の要望があるからだ。

人知れず、いろんなものがなくなっていく。

しかも、なくなっていくときの悲哀も惜別も存在しない。

なんだかよくわからないが、それまでの「小さい楽しみ」がことごとくつぶされていってるような感じがしてしまう。すべてなくしてから、気がつく。あんなにあった「小さい楽しみ」は、すべて何かに奪い取られてしまったのだろうか。

00年代の変転について、すこし、眺めてみたい。

目次

第6章　隠蔽された暴力のゆくえ

第7章　個が尊重され、美しく孤立する

序章　たどりついたらいつも晴天

世代の入れ替わりが社会を変える

明治のむかしは「坂の上の雲」だけを見上げてただ歩けばいい時代であった、と。これは昭和の人から見た「明治への憧憬」である。

平成の世から見れば昭和が同じように見える。

19世紀の後半から始めた「近代社会へのいきなりの無理デビュー」から数十年、世界を相手に戦争をおっぱじめるという誇大妄想きわまりないような状況を全国民が支持し(支持したんですな)、その誇大妄想は20世紀半ばに米英ソらによってたたきつぶされてしまった。そして再び、社会をゼロから構築する仕儀となった。しかも、軍事的負担をほとんど持たなくてもいい近代国家という、一種の掟破りの状態で、経済大国として、勝ち進んでいった。この時代はおもしろい。

西暦でいえば、1950年代から60年代が、暴力的に発展していく時代であった。

1940年代の戦争という「暴力」そのものによって社会システムがつぶれたのであるから、ふたたび暴力的に再建していくことに、誰も否やはなかった。

世の中が変わっていくのは、人が入れ替わっていくからである。

ある世代が社会から退場していく。それによって社会そのものが、何の説明もないままに変わっていく。それだけのことである。兵士として戦争に参加した世代は1920年代生まれが最後であり、1930年代生まれは戦争の惨禍の記憶はあるが、どこまでも受け身だった世代である。40年代生まれはすでに「戦争はいけないこと」という（それまでの世代からすれば）無茶なテーゼを前提として育った。

それぞれの世代が40歳から50歳代のときに、その世代の心情がもっとも社会に反映される。

不景気という気分

1980年代が異様な好景気時代の最後であった。

いまとなっておもい返すと、この先、もうこのような騒ぎができないとおもっていたから、あそこまでの狂騒状態になっていたのだ。あのころは、「かつてない好景気だから狂奔状態なのだ」とおもっていたが、過去に例がないということが問題だったのではなく、「こんなことが続けられるはずがない」という未来への不安が大暴れにつながっていたのだ。すでに未来の可能性を取り込んでしまっていて、それは取り返しがつかない、ということは、どことなくわかっていたのである。でも、止められなかった。止める気もなかったが、止めようとしたところでどうにもならなかった。

90年代は停滞した。不景気の時代だとおもわれていた。とんでもないことだ。われわれは経済的理由で、つまり豊かさ貧しさの指標では、自分たちをはかれなくなってしまったのだ。物理的な尺度を手放した。気分のほうが大事になった。早い話が、前よりも豊かになってわがままになっただけである。ただ、そう自覚しなかった。つねに悪いのは経済だとおもっていた。

そのまま不景気という、実感を伴わない標語を掲げて、90年代を過ごしてしまった。不景気というのは「楽しくお祭り騒ぎができない」という気分だけを反映したものであった。つねにお祭りをしてるわけにはいかないだろう、というごく当然な内省的な言葉はだれも言わなかった。

そのまま21世紀を迎えた。

21世紀を迎えた瞬間の正直な気持ちは「拍子抜け」であった。なんだこんなものか、という空気に包まれたのだ。これは僕だけではなく、おそらく多くのみんなが。

歴史的な視点と、日常生活の落差に、ついに慣れることがないからかもしれない。21世紀になったからといって、これから何か新しくすばらしいことが始まるぞ、とはなかなかおもえなかった。それが21世紀の始まりのときの、みなの総意である。

何も期待されない10年

00年代は、だから「何も期待されない10年」だった。そのとおりになってしまった。べつだん、何かが起きたわけでもなく、とりたてて印象的な出来事もおもいだせないような、そういう10年になってしまった。

でも、いろんなものが大きく変わっている。圧倒的な変革が静かに貫かれていた時代でもある。

ただ、その暴力的なまでの変化は、いちいち言葉にされなかった。多くの人には意識されなかった。日常生活が大変であるという会話のなかに、それと同じレベルでの大変さとして、処理されていった。

はたして、それでよかったのか、いまとなってはわからない。もっとよい方法があったような気がするのだが、でも、その時点でよい方法に気づかなかったのだから、しかたがない。われわれはあきらかに別の段階へとすっと移行していったのである。その移行による衝撃はあとから各所で分散して受けるということにして、ステップを一段あがった。面倒をあとまわしにして、とにかく進んだのである。

目標の喪失

お祭り気分につながるような劇的な景気のよさ、を夢見て、その日がやってくるのを待っているふりをして、90年代と00年代を過ごした。さすがにそれだけではもたないとおもって、10年代に入って少し方向を変えたのであるが、でも、気分は同じである。

80年代は50年代から続く、「特権的好景気ターム」にあった。特権的、というのは、軍事を中心とした政治に大きく金を割かないですむために、経済中心でものごとを考えても何も問題がなかった、という意味において、特権的、なのである。

特権的な好景気のタームは90年代に入ったところで終わった。

終わってしまって、もう繰り返すことはない。われわれは、かつてないほど壊れた社会システムをわずか30年ほどで「世界有数の金持ちの国」に変えたのである。1991年に全目標達成、である。このあと、それまでのような右肩上がりの好景気もなく、国民全員で煎られるように踊り続ける異様な景気がやってくることはない。それは貧乏ではなくなったのだから。国が豊かになったのだから、システムそのものを変えなければいけない。

かつては世界標準だけをめざして、それに追いつけばよかった。貧しいが、上昇する国であった。ところが、追いついてしまった。世界トップクラスの国になってしまった。何をもってトップクラスとするかは異論もあるだろうが、全国民が強制的な暴力にさらされることが少なく、飢えに直結しない生活レベルを保てる、というポイントにおいては、世界有数の国である。この先、何をめざせばいいのかわからない。もとより大きな目標について言えば、いちいち声に出して叫ばれることはあまりなかった。「アメリカやフランスに追いつけ」という標語は何となく理解はしていても、具体的に標榜されることは少なかった。みんな言葉にせずに黙って目標にしていた。

それが達成されたおり、もともとサイレントな目標であったがため、「目標達成」とはだれも叫んでくれなかった。そのまま、目標がないまま、進むしかない。そして、目標がないということも明らかにはされない。

困惑する若者たち

90年代の途中から、われわれがやっていたことは何か。

それは手探りの目標設定と、もうひとつは破壊である。目標が掲げられずに活動が続く場合は、ひたすらまわりの不要とおもわれるものを取り除いていくしかない。

特権的好景気タームだった80年代までの幸福感は、世界のことを考えなくてもいい、というところにあった。それこそ1890年代や1910年代、1930年代、政治家が、壮士が、学生が、日本は世界のなかでどの位置にあるべきか、人生を賭して考えるのが流行していたのであるが、そのようなことは、まったく必要なかった。目の前にある仕事を必死でこなせば、自分も社会も豊かになる、という「特権」を与えられていた。なぜ、この特権が与えられているのかは、考えなかった。面倒だったからだ。そういうものの先にはかならず面倒な紐がついており、たぐってしまったら最後、その面倒と一生つきあわなきゃいけなくなる。それぐらいのことは何となく感づいていた。だから放っておいた。

しかしいつまでも特権的な位置にいられるわけがない。

２００９年に僕たちはある選択をした。

１９５０年代から続いた体制の目先を変えることにした。

新しい体制の気軽なトップは、基地問題について、安請け合いと言える発言を国内向けにした。とたん、周辺国が動きだした。ひょっとしてこの国はアメリカ軍防衛ラインから外に出るつもりではないか、と恐れられ、過剰な反応が起こった。国境での揉め事がさかんに起こりだした。僕たちは何が起こったのかわからなかった。いつだってそうである。いつまでも「特権的ポジション」にいるつもりだからだ。

われわれは、知らず知らずのうちに、無防備に危険なエリアに首をつっこんでしまったのではないだろうか。

かつては坂を上がると何かいい場所に出られると信じていた。だから「たどり着いたらいつも雨降り」というフレーズが歌になった。それは大変だね、と言ってもらえるからだ。

いまは。

坂を上がってる途中はよかったが、上がりきったら、何もなかった。夢のような世界でも桃源郷でもユートピアでもなかった。なんだかつまらない日常がふだんどおりに続く世界であった。

青い鳥を探しに行ったら、わりと、つまんないところにいた、という話と似ている。ただ違うのは、幸せを探していた本体と、いま幸せの青い鳥に出会った本体が、同一体ではないということだ。そこに意識のリレーがおこなわれていない。巧《たく》まれたような断絶がある。

「たどりついたら、どこまでも晴天」である。そんなことを訴えたところで、誰も聞いてくれない。ごくごくやさしい人だけが、作られた微笑とともに「よかったね」と言ってくれるのが関の山である。だから、わざわざ言わない。

昭和の世代は、いまの世の中をよくするという上昇させる機動力になることができた。深く考えずに「ただがんばる」だけで世のためになった。若者にとって、とても居心地のいい場所である（たぶん当時はそう感じてなかったとおもうが）。21世紀のいまはそういう「ただがんばるだけで世のためになる」社会ではない。上昇のお手伝いをする機会になかなか恵まれない。若者が若者であるだけで居場所があるわけではない。だからといって、困ったといちいち表現しているわけにもいかない。何かを始めても、それが最終的に世界のどこにつながっているのか、役に立っているのか、役に立ってもいないのか、それもよくわからない。

でも、なぜか、若者は自分を物語の中で語れ、と言われる。自分のやりたいことを仕事にするというのは、人生を物語で語れ、と言われているのと同じである。無茶だ。でも、誰もそれを止めることがない。

豊かだから、平板である。そのぶん、若者にとっては不幸な気分で貫かれる。

「たどりついたらいつも雨降り」と歌える世界が少し羨ましい。それが00年代の気分である。

第1章　00年代を僕らは呪いの言葉で迎えた

1998年のiMac

iMacが発売されたのは1998年のことである。

最初に出たのはブルー一色。ボンダイブルーと呼ばれていた。

1999年にはいくつものカラーが出た。

そろそろ、パーソナルコンピュータを買わなければいけないとおもっていたときだった。おもいきって買った。20万円足らずの値段だった。

2000年代を迎えることだし、パーソナルコンピュータを買わなければいけないだろう、と覚悟を決めたのである。あきらかにワードプロセッサーの時代は終わりつつあった。

それまではワードプロセッサーを使っていた。キヤノンのキヤノワード。数十万円もする最高機種をリースで使っていた。データはすべてフロッピーディスクに入れてあった。データは移動してないまま、いまでもフロッピーディスクに残っている。ワードプロセッサーもまだある。電源を入れると動く。古い機械はずいぶん丈夫な気がする。

いつも時代の移り変わりを痛感するのは、電器量販店の店頭である。

このころはいつも「さくらや」を使っていた。さくらやも2010年にすべて閉店した。いまはヨドバシカメラとビックカメラと、どちらかを適当に使っている。さくらやを選んで、さくらやだけで買い物を続けていたのに、そのさくらやがいきなりすべて撤退したのだから、僕の選択はまちがっていたのである。

あとになっておもうのは、僕はいつも、わざと間違った選択をしているのではないか、ということだ。のちに最初に消え去るものにたいして、意味もなく郷愁を抱き、将来の消滅を言葉にせずに意識しておりながら、そのときはこれが一番いいセレクトだとおもって選んでいる。やがてくる大きな郷愁のために。そんなことをやっていては、いつまでたっても、同じ道をたどっているばかりだ。しかたがない。

２０１３年夏にわかったのは「ｉＰｏｄクラシック」はあまりまともな商品扱いされていない、ということである。ビックカメラにもヨドバシカメラにも「ケース」が申し訳程度にしか置いていなかった。見放されたのである。うちに三台ある。

携帯電話の番号は10桁だった

おもいかえすと、90年代は、みんながんばって、２０００年を迎える準備をしていたのだな、ということである。

２０００年には、まだ、Ｓｕｉｃａも登場していなかった。携帯電話はつい一年前に11

桁になったばかりだった。１９９９年1月から携帯電話の桁数は11桁になり、以前から使っている携帯電話では、番号が表示されなくなる、とのことで、機種変更をせざるをえなかった。携帯同士でのメールは使っていたが、インターネットにつながっていたわけではない。いまからおもうと、ずいぶんとのんきな時代である。ベトナムの農村地帯を眺めているような、悠揚な風景に見えてくる。

携帯電話は、１９９０年代の半ばに広がりはじめ、90年代後半にすっかり日本中に広まった。広まりすぎて、番号が足りなくなり、11桁になったのが１９９９年である。初期設定では予想されていなかったということである。まさか、こんなに広まるとはおもっていなかったのだろう。携帯電話は予想を超えて広がり、１９９９年に広まりつくした、ということだ。

電話そのものが11桁表示に対応していなかった。しかたがないので、「明日から11桁になる」という１９９８年の12月31日に機種を変えようと新宿のさくらやに出向いた。ドコモのコーナーは異様に混んでいた。ふと見ると、となりのＪフォンのコーナーがすいていた。そのとき、女友達が言っていたセリフをおもいだした。「最近は、東京エリアではドコモよりＪフォンがつながりやすいって噂だよ。だから東京の女子高生はみんなＪフォンを買ってるってさ」。もちろんたしかな話ではない。都市伝説のひとつと言っていいだろう。でも、それを、1998年12月31日の新宿さくらやの店頭でおもいだしてしまったのだ。ふらふらっとJフォンのコーナーに入って、「新しい機種、ひとつ、ください」と言ってしまった。そのまま携帯は二台持ちになった。Jフォンはやがてボーダフォンになり、いまはソフトバンクになっている。そのまま使い続けている。

21世紀にむかう準備

つぎが、パーソナルコンピュータだった。

パーソナル使用のコンピュータもやっとインターネットにつながるのが標準基準になりだしたころだった。

いまからは少し信じられない風景であるが、パーソナルコンピュータが少し広まりつつあった最初のころ、1990年代の前半から半ばにかけては、コンピュータはインターネットにつながっていなかったのである。そういう仮想空間がまだ設置されていなかった、ということでもある。コンピュータは、その名のとおりに、とても計算の速い機械でしかなく、個人個人がそれぞれのものを仕舞っておく便利な箱でしかなかった。

パソコンが広まるのは、インターネットによって人がつながった、という情報がかけめぐりだしてからである。人と人とがつながりだしているのに、そこに自分が入らないとまずい、という気分がパーソナルコンピュータの普及を促したのである。誰もが10桁のかけ算と50桁の引き算を素早くやるために買ったわけではない。

すべて21世紀にむかって準備されつづけた。

機械と電話線を通して、世界とつながる21世紀にむけて、みんな近づこうとしていたのだ。

さほど大きく期待していたわけではないが、なにかが変わり始めてるとはおもっていた。すこし「夢のある21世紀」にむかって着実に進んでいる、とおもっていた。

そうやって2000年を迎えたのである。

草野球チームのメンバーの集め方

90年代の前半は、メールがないところで、工夫して生きていた。いまとなってはそうとしか言いようがない。

たとえば、僕は草野球の監督マネージャーをやっているので、その連絡をメールを使わずにやっていた。草野球チームというのはだいたい20人ほどのメンバーを確保しておき、試合をやる日を決めてその日に来られる人数を9人確保することになる。92年から草野球を始めたが、当時は、郵便とファクシミリと電話で出欠の連絡を取っていた。電話も携帯ではないため、ときには会社に電話して呼び出してもらい、出欠を聞く、ということをやっていたのだ。「会社の電話をまったくの私事のために堂々と使う」ということをやっていた。べつだん、怒られることではなかった。いまではとても信じられない風景である(90年代のドラマを若者に見せると、そのポイントでとても不思議がっていた)。

インターネットや、電子メールが画期的だったのは、「お遊び」分野での連絡が飛躍的に簡単に取れるようになった、ということである。情報も同じことである。もちろん「仕事」分野でも同じく飛躍的に便利になったのだけれど、仕事は仕事である。つまらなくても、面倒でも、それなりの手続きを踏んで粛々とこなしていくしかない。それは奈良時代の役人がやっていたことと、べつだん、変わりはないわけである。やらないと、なにかが止まってしまう。みんな、粛々とこなす。

ところが「遊び」の分野は、かつては、もっとゆるやかにルーズに進んでいた。連絡の取れないやつは、どうやったって取れない。集まれるやつだけで、何とかするしかない。それでべつにかまわない。それが、21世紀に入ると、あっという間に変わっていった。みごとな風景の変貌である。

抗しがたい底流とやさしさに包まれた表面流

すべては90年代に準備され、00年代にみごとに世界を変えていった。

00年代とは、つまり音も立てずに、社会の底を抜くような時代だったのである。音がしない。言葉にされていない。そこが異様であった。ある意味、とても厳しい時代であった。社会の底のほうがどんどん変わっていくため、ただ、黙って、その流れにしたがって動いていたばかりである。

あまりに勝手に動かされることに、人々は少々苛立っていた。でも言葉にはしていない。それは最終的に、00年代後半の「無謀ともおもえる破壊的抵抗」を生み出した。もちろん誰も指導していない社会の流れに対しては、何の効果も持たない無駄な抵抗である。流されるまま世界は大きく変わっていき、２０１０年代を迎えたのである。

みんな、やさしさは手放さず、個人個人が幸福になる道を個人個人でもがきつつ探しながら、それでいて自分にまとわりついてくる動きに対しては、えもいわれぬ不安を抱いていた。相手もおおもとも見つからない不安を前にどうすればいいかわからない。せめて自分の目の前にある大きな存在のせいにするしかない。政権与党が考え得るもっとも大きな存在であったなら、かれらを否定するしかない。そうやって僕たちは必死でもがきつづけた。もがいたまま、「やさしさをまとった殲滅」を夢見ながら、00年代の強く速い流れに足を取られていったのである。

身を守るため、いくつも表層上での破壊を続けた。しかし、いくら殲滅をめざしたところで、世界の動きは変わらない。しかし、動くしかない。抗しがたい底流と、やさしさに包まれた表面流、このふたつの流れが、00年代を過ごした者の困惑をまねいた。

困惑とは、00年代をおもいだしても、何も起こらなかったディケイドにしかおもえない、というところである。でも、そうじゃないはずだ、という言葉にならない言葉がどこかから聞こえてくる。

何かがあったとは言えない10年なのに、大きなものが変わってしまっている。頭と身体が別々に反応して、そのまま統合されていないような、そういう嫌な感じがのこる。だからべつだん00年代の総括をしなければいいだけだ。僕も、べつに無理に総括してもしかたがない。(実際のところ、この新書のために、なにかしらのわかりやすい流れを図示しようとおもってもがいたのだけれど、とうとう、無理だということを悟ったのである。)

ポストペットだけ使っていた

２０００年を迎えるときも、２００１年を迎えるときも、そこそこの期待はあった。しかしわれわれは「千年の責務」に耐えられる精神力も、21世紀１００年の大きさに対する想像力ももっていなかった。もっていたひとは、たぶん、おかしくなっていたとおもう。もともと20世紀１００年を想像することもむずかしかったのだから。(ひとつ例をあげると、20世紀の重大事件をあげてくれ、と言われて、ごく当然なこととして「日露戦争」と答えたのであるが、まったく無視された、ということなど。日本の20世紀にとって日露戦争を落としてはいけないとおもうんだけど、20世紀を考えるということは、そんな広いスパンで見てはいけなかったらしい。)

新たな年を迎える、という程度には２０００年も２００１年も寿《ことほ》ぐ気持ちはあったのだけれど、長い時間を引き受けられる覚悟はなかった。道長と一条天皇の時代であった西暦１０００年のころや、伊藤博文と山県有朋の時代であった１９０１年ころについて、深く想像することもしなかった。したところで何もならない。

でも、90年代を通して、おもった世界とは違うが、何だか別の未来へ連れていってくれるんではないか、という新世紀を迎えようとしていた。

僕はｉＭａｃを買って、２０００年代に備えていた。まったく使いこなせずに、ただ「ポストペット」でメールを送るのが楽しく、ポストペットだけ使っていた。

Y2K問題

2000年は静かに何でもなくやってきた。世界は滅亡しなかった。

2000年になる瞬間にも世界は滅亡するのではないか、という淡い期待はあった。もちろん、この場合の滅亡は「自分たちと関係のないところで起こる、しかし破壊的に大きな滅亡」である。そのことを期待した人たちが「Y2K問題」を話題にしていた。いまとなっては、懐かしいむかしの風聞でしかないが、当時はそれなりに真剣な話題でもあった。NHKのニュースでもきちんと取り上げられていた。

要はコンピュータの誤作動の可能性、ということである。

1999年から2000年になると、年表示を下2桁で表示している場合、99の次が00となってしまって、進まずに戻ってしまう、そこのところで想像力のない電子計算機は誤作動を起こすのではないか、と言われていた。

「最悪の場合、ミサイルが誤発射される可能性がある」

とまで報道されていた。悪意のある一種の愉悦でしかない。「大変だね」と言っていながら大変だと言っているのが何か嬉しい、という「祝祭の輻輳《ふくそう》感」があふれていた。「否定的にとらえる祝祭」である。

2000年の到来を祝福するのではなく、われわれは「大変だ」という気分で受け入れることにした。もう少し、老成した大人の気分で迎えられればよかったのだが、そういうわけにはいかない。僕たちの社会は、いつも若々しい。若者らしい落ち着きのなさと思慮のなさと、元気さを持って反応してしまう。おそらく地理的な影響からくる、わが社会の根本がそこにあるのだろう。

いまからおもえば、もうすこしのんきに、2000年の到来を祝福していればよかった。

2000年になって、なんか、いいね、うれしいね、という気分がもう少し強ければ、何か違っていた気がする。否定的な気分で迎え、これは言い換えれば「2000年代を呪いの言葉で迎えた」ということになってしまう。

00年代は上昇と変化が常に覆っているのに、その呪いの言葉にひきずられ、あまり気分が高揚しないまま、過ごすことになった。呪いの言葉を口にすると、それは自分の行動を縛り、やがて自分に跳ね返ってくるのだ、ということを、みんなでもう少し、学んでおけばよかったとおもう。

でももう、どうしようもない。これからやるしかない。

ネットが空から降りてきた

ただ00年代が暗かったわけではない。

インターネットというインフラストラクチャーはあっという間に広がっていき、いろんな可能性が増えたようにおもった。インターネットは、その初期から暗部を抱えており、「2ちゃんねる」などにわかりやすく顕現していたが、それでも最初のころは、いろんなところにつながっていく便利さに驚嘆していた。

インターネットは2000年を境に急速に普及しはじめ、2002年には国民の半数以上が利用するようになった。2005年に普及率は7割を超え、そのあとは漸増している。00年代前半にあっという間に普及していったのである。

2000年と2005年と2010年では、そこから見える風景がまったく違っていた。

インターネットは、何も意識しないうちに、世界を広げてくれた。でもそれは自分たちでこつこつと作り上げたものではない。どこかで誰かがこつこつと作っていたのだろうが、でもそれが目の前に現れたときは、突然、空を覆うように、僕たちの社会を覆っていた。

いまいる場所は自分たちの力で組み立てていく世界ではないことを、あらためて知らされた。

すでにどこかで用意されたものが、いきなり目の前に現れるのである。僕たちはどこまでも消費者であった。

でも、まだ最初のときは、この突然、空から降りてきたネットにいろんな可能性を感じていた。2002年の日韓ワールドカップの時点では、まだ21世紀の未来を少し信じていたのである。

第2章　インターネットは「新しき善きもの」として降臨した

2002年の日韓ワールドカップ

長野オリンピックが開かれたのは1998年である。

日韓ワールドカップ大会が開催されたのは2002年であった。

20世紀末から21世紀初頭にかけて、世界的なスポーツ大会が日本でつづけて開催されたのである。

長野五輪のときと、日韓W杯のときのことをおもいだすと、ずいぶんとのんびりしている。何というか、昭和中期の熱狂を、まだどこかで引きずっているような、そういう空気があったようにおもう。

長野オリンピックも日韓ワールドカップのときも、僕はチケットを持たずに、ふらりと現地に向かって、そのまま適当に入っていた。

「フダ屋」がふつうに立っている、というのは日本のどこでも見かける風景だった。いまでも似たような風景を見ないではないが、明らかに違っている。むかしは「まず人が入らないだろう」と予想されるイベントでも、なぜか必ずフダ屋は立っていて、「チケット買うよチケット買うよ」と原宿駅前や、水道橋駅前、関内駅前に特有のダミ声で呼びかけていたものである。小さい発電機をうんうん言わせながら廻し、昔のアセチレンランプをおもいだささせるような鋭い光を投げかける照明の下で、氷水の中にぶっこまれた缶ビールや缶ジュースを売っている怪しげな屋台の前で、また、明らかに不法撮影だろうともわれるアイドル写真を大量に貼りだしてる奇妙な店の前で、フダ屋のお兄ちゃんは、いつもつまらなそうに、でも目だけは鋭く、ダミ声を出して立っていた。

いまから向かうのは、どこかでこういう暗い世界とつながっている怪しげな祭りである、ということを示すつまらない小悪魔のように、かれらはどのイベントでも律儀に声を出し続けていた。野球も相撲も、マイケルジャクソンのコンサートも、ワールドカップの試合も、所詮は興行ものであって、人を大勢集めて金を取るということは、それはとりもなおさずヤクザな空間である、ということを示してくれていた。

人が何かを見たくて集まってくるということは、また、それだけでダークサイドにつながる危うい パワーを醸しだすのである。そのことを言葉ではなく、場の空気として知らされていたのである。

〝近寄るとあぶないところだという警告を発しながら、誘う〟というルールが守られていた。

こういうルールは「怪しいものはすべて排除して欲しい」というヒステリックな希望によって、きれいにわからなくなってしまう。ルールが見えなくなると、気分はよくなるが、危険は増す。

00年代は「見た目のクリーンさが整えられ、そのぶん生活危険度が増していく」時代でもあった。

外国人ダフ屋がねり歩く

ちなみに、こういう世界的スポーツイベントのおもしろいところは、「フダ屋」に外国人が多数混じっているところである。

長野オリンピックのときは、長野駅前に何人もの外国人ダフ屋が立っていた。フランス系とおもわれる黒人も何人かいて、不思議な日本語で語りかけていた。日韓ワールドカップの際は、埼玉高速鉄道の車内を、不思議な日本語カードを掲げた外国人ダフ屋がねり歩いていた。日本のダフ屋が絶対にしない行為である。

印象としては、1998年の長野は田舎の風景らしくかなりのんびりしていて、ほとんど規制がかかっていなかった。2002年のワールドカップでは、場所によっては厳しく取り締まられていた。（日本戦は埼玉と横浜、大阪、仙台で開かれたのであるが、横浜だけ飛び抜けて厳しく取り締まられていた。ちなみに厳しくなると、いろいろな経緯を経て、ただチケット単価が上がってしまうだけである。）

それでも、現場に行けばチケットは売っているはず、というのんきな空気には包まれていた。また、プロのフダ屋だけではなく、ふつうの人たちが、余らせたので、と、安く売ってくれることもよくあった。ヤフーオークションという素人ダフ屋が跋扈《ばっこ》する以前の、のんきな一風景である。

2020年の東京五輪でもまたかれらは世界各地からやってくるのだろう。景気がよく元気なときはかれらは見過ごされるが、景気がわるくなり排他的な空気が強いおりは、かれらは厳しく排除されていく。個人的には、少しはああいう人たちが出没しているほうが、妖しさとお祭り気分が出ていいとおもう。僕はそのほうが好きである。

マスコミを覆った圧力的な雰囲気

2002年の日韓ワールドカップのとき、「韓国とは、穏やかではない歴史もあるので、このワールドカップ期間中は、韓国の悪口は言わないでおこう」という空気が、圧倒的な力でマスコミを覆っていた。ラジオの現場で実際に言われたこともある。本番前に、オフレコで、つまり出演者たちだけに、韓国チームの悪口だけは絶対に言わないようにしよう、と周知させていたのだ。

日本チームはグループリーグではベルギーと引き分け、ロシアとチュニジアに勝ち、決勝トーナメントに出場した。しかしトーナメント初戦、雨の仙台でトルコに敗れて、早々に敗退した。

いっぽう韓国チームはグループリーグを日本と同じ2勝1引き分けで勝ち抜いたあと、決勝トーナメントでは、まずイタリアに勝ち、続いてスペインも破ってベスト4に進出した。イタリアとスペインを破るというのは、どういう事情があったにせよ（なかったにせよ）、いまおもうと、よくやったとおもうし、偉大なる事績だとおもう。

でも当時はそういう空気ではなかった。

いま考えると嫉妬でしかなかったのであるが、そういう冷静な判断もできなかった。韓国戦のジャッジは韓国贔屓《ひいき》すぎるのではないか。韓国は自国に有利な審判をうまく動かして、それで勝ち進んだのではないか。

こうやって文章にすると、小学生レベルのやっかみだったのだとわかる。

でも、そういう落ち着いた空気は形成されなかった。それは、マスコミを覆う圧力的な雰囲気によるものであった。誰かがそういう発言をして空気抜きをすればよかったのであるが、マスコミの大前提として「韓国の悪口を言わない」というのが問答無用に採用されていたから、それもできなかった。

テレビやラジオ、新聞などでは、韓国ジャッジの疑惑は提示されなかった。

空気が重くなった。

日本は敗れた。韓国は勝ち続けている。

「日本は敗れましたが、韓国を応援しましょう」とだけマスコミは報道し続けた。

こういうことをすると、いろんな問題が起きてくる。

言ってることと実際の感情がずれている者が、上に立って「まじめなことをやれ」と指示すると、命令される側はまず感情が乱れ、気持ちが分裂していく。

ほんとうは「韓国のことはべつだんどうでもいいから、とにかく日本は残念だった、悔しい」と報道してくれれば、僕らは納得できたのである。韓国の勝ち負けには、セネガルやアメリカ合衆国がベスト8に進んでいることと同じくらいにしか関心が持てない。それを応援しろ、と言われるから反発してしまったのである。

マスコミの建前主義にほとほと嫌気がさしてしまった。

国立競技場で行われた「オフ会」

そのときに、ひそかに力を持ったのがインターネットである。2ちゃんねるを中心とした場所では、みんなのふつうの感情が出されていた。

一般マスコミの言説と、インターネット上の言説がきれいに分かれていった。

ふつうの人がなんとなくどんよりとおもっていたことをマスコミは一言もすくいあげてくれないけれど、インターネットではきちんと拾ってくれるのだ、ととても力強くおもった。

インターネットの普及率がいまほどではなかったということもあり、マスコミを黒い影が覆うときはインターネットのほうが信用できる、という気配を広げていった。21世紀的な力を感じた瞬間でもあった。

のちに「ネット右翼」という存在は有名になっていくが、それほど力が強かったわけではない。

村の長老の政治的な配慮に対して、若者がおもしろくないとおもったことをそのままみんなで話せる場があった、というレベルのことである。

われわれは韓国のことなどかまわず、日本の歴史的なグループリーグ突破と残念な敗戦の話だけをしていたかったのだ。それを、韓国を応援しろと言われるから、なんか韓国の試合って、韓国贔屓が多すぎないか、おかしくないか、という空気が形成されていったまでである。捌け口を求めていて、それがインターネット上に集まりだした。

それを教えてくれたのは京都の友人で、80年代の終わりころからパーソナルコンピュータが好きで使っていた友だちからだった。

「東京の国立競技場で準決勝のパブリックビューが開かれるらしい。もとは韓国を応援しようという名目だったけれど、いまインターネット上で相手のドイツを応援しようという動きが熱狂的に盛り上がっている。おれは東京まで見に行けんし、だからホリイ、見てきてくれんか」と頼まれたのである。

試合はソウルでおこなわれていた。そのパブリックビューが東京の国立競技場で開かれたのだ。

それは気になる動向でもあったので、見に行った。雨がちょっと降っていたとおもう。もとより「準決勝の韓国対ドイツ戦」であるから、多くの観客が入っているわけではない。それでも韓国応援団は鳴り物も持って、そこそこの人数ながら、盛り上がっていた。その逆サイドがドイツ応援席で、大人数というほどでもないが、そこそこの人数の日本人が集まっていた。もちろんドイツの応援のために集まっているわけではない。「韓国への妬みと呪い」のために集まっているのだ。熱狂的に盛り上がってはいない。

試合は1－0でドイツが勝った。ドイツが点を入れたとき、静かな集団は、どよめきのような声を上げた。

ある種の、とても暗い、呪いの心に満ちた「オフ会」であったと言える。

インターネットで同調すれば、世間での理不尽な言論統制に反発する力を持っているんだと信じられた瞬間であった。すこし幸せだった。ただ、このあと跋扈する「自分より上位者を引きずりおろすための〝呪い〟の力が始動した瞬間でもあった。

牧歌的な空気

ワールドカップの韓国への反発というのは、日本が負けたから出てきただけのことである。しかも「負けて傷ついた心を日本のマスコミがいつものように慰撫してくれない」ことへの反発でしかなかった。

覚えていない人も多いだろうが、日本チームも予選リーグの要となった対ロシア戦は稲本のシュートで1－0で勝ったのであるが、この稲本のシュート位置はオフサイドだったのではないか、という日本への誤審疑惑もあった。それは棚に上げて、誰も問題にせずに抗議していたわけである。

客観的に見ると、韓国も日本もホームタウンディシジョンによって有利に駒を進めていたのである。韓国のほうがより多く勝っており、そのぶんの贔屓が目立ち、そのことにただ拗ねていた、ということにすぎない。感情的な反発でしかない。でもそれぐらいの小さい愚痴（韓国への妬みがもとになった悪口）くらい言わせてくれよ、それも言えないのか、というのがどす黒いおもいとなっておかしな渦を作っていったのである。

2002年の実感として、国立競技場でそこそこの人数を集める力を持っているインターネットに対して、なかなか侮れないな、とおもったのはたしかである。予想した方向ではないが、別の次元に入りつつあるのだな、ともおもっていた。

いまではもう、こういうマスコミ全体を偽善的な箝口令で縛るということも考えられないし、インターネット上での韓国への反発がこの程度のレベルにおさまっていたというのも意外である。どちらにしてもとても牧歌的な空気に包まれていたのはたしかである。

2004年の電車男

日本国民全体に、インターネットが広まっていくさなか、最初はインターネットは「新しき善きもの」として降臨してきた。

2004年になって「電車男」が出現した。

インターネットの掲示板から発生した新しい恋愛の物語である。

新しいインターネットは善きものであるという印象に支えられ、あっという間に広まった。

インターネット上でのリアルな出来事は2004年の3月から5月にかけての展開であるが、この年の10月には新潮社から単行本が出され、また翌2005年には映画化され、またドラマにもなった。社会現象ともなったこの出来事から、僕たちは言葉にしないまでも、21世紀の何らかの可能性を感じていたのである。

私はあまり2ちゃんねるを見ないということもあり、書き込みもしないため、リアルタイムでのこの出来事は知らない。のちに話題になってから知ったまでである。

先に大きく話題になったから、もとのスレッドは(つまり単行本は)あとになって読んだが、やはり感動的である。感動のもとは、不細工な男の恋愛が成就していくポイントではなく、「多くの人間の善意によって事態がどんどん良い状態になっていく」ところにあった。

みんな電車男の存在を信じた

物語はすべて「インターネットの掲示板上」だけで起こっていった。

つまり、主人公の「電車男」が虚偽の記述しかしていなくても、お話は成り立つのである。おそらくリアルに起こっていることがそのまま反映されていたとおもうのだが、それが真実であるという保証はどこにもなかった。インターネット上の発言は常に真偽が疑われている。でもここでは、参加者がみな「電車男」の存在を信じたために熱い展開がくりひろげられた。

もとになったスレッドはインターネット上の「もてない男たちが語り合う場所」で始まった。

この「もてない男の場所」に参加していたある男が、電車の中で「女性客にからむ酔っ払いの老人」をたしなめたところから始まる。あまりにしつこい酔客に、この若い男性（22歳）が「やめろよ」と声をかける。それによって酔客は男性にからみ始め、結果として女性を救ったことになった。女性というのは中年女性数名と、若い女性。駅で事情聴取があったのち、おばさんや若い女性客に礼を言われ住所と名前を知らせて、青年は帰ってきた。まず、その日、その出来事について、インターネット上の2ちゃんねるに書き込んだ。

そのあと、若い女性からお礼の品が贈られてくる。「エルメスのティーカップ」である。そのためこの女性はこのあとずっと「エルメス」と呼ばれることになる。

彼女にお礼の電話をするべきかどうか、そのときどう言えばいいのか、まったく女性経験のない彼は迷いに迷って、2ちゃんねるに参加してる人たちに助言を求める。みんながいろいろと真剣に役立つ助言を重ね、それをうまく反映させた「電車男」は、「エルメス」との恋を成就させる。

応援者の多くが「彼女がいない男性」であり（もちろんそれだけではないのだが）、そういう多くの人の助言によって恋を成就させたというところが大きな感動を呼び、単行本はベストセラーとなり、映画とテレビドラマになった。映画やドラマになったのは「電車の中でからまれている女性を助けることがきっかけとなり、恋が始まる」という、あまりに「ベタな」(つまり物語展開として使い古されたようなパターンを踏襲して)展開するところが大きなポイントだったとおもう。実話である、と断れば、どんなに使い古されたパターンであろうと、また使うことができるのである。映像物語制作者として、飛びつきたい素材であったのはよくわかる。

ぼんやりとした不安

この「電車男の感動」は2004年ならではの出来事であった。

インターネットは2005年を境に、多くの日本人が使うツールになっていく。その直前の出来事である。まだ「新しき善きもの」というイメージがインターネット世界に抱かれていた、最後の瞬間だったと言える。その「善き部分」だけを信じようとすれば、何とか信じられることができた瞬間でもあった。まだインターネットがグーグルとウィキペディアによって統一される以前の風景である。

ただ当時から、インターネットの暗い部分、いわゆる「呪い」につながる部分は常に蠢《うごめ》いていた。

「電車男」の単行本に収められた発言が、かなり飛び飛びになっているのは、すべての発言を掲載すると煩雑になることもあるが、なかには否定的なもの、呪いをかけるものたちがいたことも示している。世界はつねに寿ぐ言葉だけで作られているわけではない。

でも「電気男とエルメスの物語」は、インターネット上の善意が大きな幸せをもたらす、という神話を打ちたてることに成功した。

インターネットにつながることは、世界とつながり便利になるだけではなく、見知らぬ人たちとの縁も深めてくれるのではないか、とのんきに漠然と僕たちはおもっていた。広くつながることへ、ぼんやりとした不安はあった。でも、その不安とじっくり向き合ってる時間はなかった。

パーソナルコンピュータは個人使用のものである。家族で共用していようと、使うときは一人である。あまりキーボードの右と左で別の人が手を置いて、連弾するようにボードを使うことはない。三つのマウスをつなげて三人で共同作業をすることも少ない。あくまで一人で使う。一人でインターネットとつながる。どこまでも個人である。僕たちは携帯電話を持たされたころより、徹底して個人に分けられ、個人で消費するように督励された。

どこまでも個人に分けられると、不安である。いろんなところにつながれると知って、僕たちは急ぎ、世界とつながろうとしたのだ。個に割られて生きていることに、けっこう不安になっていたからである。

そのまま流されるように「すべての人がすぐにインターネットにアクセスする状況」が用意されるようになった。坂を転がり始めたら、もはやどうしようもない。いろんなものを捨てながら転がっているような気がしたが、止まることはできなかった。やがてインターネットは個々人にあまねく介在し、僕たちはもっと個に割られることになる。このとき僕たちはまだそのことに気がついていなかった。

第3章　「少年の妄想」と「少女の性欲」

2003年の涼宮ハルヒ

涼宮ハルヒが登場したのは2003年のことである。

2003年6月、角川スニーカー文庫から『涼宮ハルヒの憂鬱』が刊行された。

00年代前半を代表するライトノベルである。

ライトノベルは、世代差がきれいに出る。

古い世代は、まったく一冊も読んだことがない。いまの世代はほぼみんな読んでいる。ほぼみんな、というのはかなり曖昧な表現であるが、そう言い切って大丈夫だとおもう。

平成生まれは必ず読んでいる。昭和のむかしも、たとえばジュブナイル小説やジュニア小説という少年向けの小説が出ていたのではあるが、ライトノベルはそれとは一線を画している(黎明期の境界線はやや曖昧であるが)。

90年代から世に出てきて、00年代に一気に広がった分野である。

『涼宮ハルヒの憂鬱』はその代表作品となる。

ちなみに涼宮はスズミヤと読む。先日、ライトノベルの話をしているときに、つづけさまに三人の女性(だいたい30歳前後)に「ああ、あれ、スズミヤって読むのか」と言われて、すごく驚いた憶えがある。涼宮ハルヒシリーズは累計で何百万部と売られている小説であり、アニメ化、映画化され、書店などではその広告を繰り返し見ることになる。30代女性というのは、この手の本を手にする世代ではないのだが、その広告だけは見ていたのだろう。でも涼宮という文字が読めなかった。10代から20代の文化系男性たちにとっては、ごくあたりまえの単語である涼宮ハルヒも、少し離れるとその文字さえ判読されていないのだ。大きな断絶がある。

僕たちの社会は、包括的な文化をめざすことをずいぶん前からやめていたのだ。ふと、そういうことをおもいださせる現象でもある。

ライトノベルの市場拡大

『このライトノベルがすごい!』というライトノベルのガイドブックが出されたのが2004年の末からである(それが『このライトノベルがすごい!2005年版』になる)。2003年から2004年にかけてライトノベル市場が大きく拡大していったからである。

その大きな作品が『涼宮ハルヒの憂鬱』である。

ライトノベルの基本読者は10代の男子である。中高生男子向け、というのがもともとの設定だ。

割り切って大雑把に言えば、少年の妄想を充足させる内容を持つ軽い小説である。

かつては少年向けという一分野にすぎなかったが、アニメ化されメディアミックス展開されると巨大な売上げをしめす。ために、いまは一大市場を形成している。

大きな書店で少し探すと「ライトノベルの書き方」という本が何冊も見つけられる。ただ、どれも文学指南の書籍には見えない。どう見てもビジネス書ふうの仕上がりになっている。売上げが見込めるコンテンツとして、ひとつの確固たる分野を形成しているのである。大きな利益を上げている大きな「出版分野」であるのに、ある一部の年齢層にしか認知されていない不思議な分野でもある。

父が怒らなくなった

もともと少年向けの小説というのは、古く大東亜戦争以前より存在していた。

これがライトノベルとして、大きく成長していくのは1990年代からになる。

少年小説が一大分野となりえないのは、「ある年齢に達すると読むのをやめる」からである。

中学のときに熱中した少年向け小説については、高校を卒業するころには興味を持たなくなるのが、かつての社会であった。少年たちが自主的にそうしていたということもあるが、もとは社会の要請である。少年向けのものは少年時代を過ぎたら捨てなさい、というのが社会の軽い命令だったのだ。

ライトノベルが大きな市場になっていくのは、「少年のころに好きだったものを、いつまでも抱えていても怒られない」という事情によるものである。具体的なイメージで言えば「父が怒らない」ということになる。

社会の代弁者としての父性は90年代以降、きれいに存在しなくなった。そんなものはもはや必要ない、と僕たちが判断したからである。

母親というものはどの社会にも必ず存在するが、父性というのは、社会全体で不要だと判断すると、きれいに消えるのだ、ということがここ何十年かの僕たちの実験によってわかった。わかったのはいいが、これがどんなところにたどりつくのかは、まだわかっていない。あまりいい予感がしない。

元気な美少女が内気な少年に近づいてくる

ライトノベルはどういう内容なのか。

多岐にわたっているが、ざっくりと言えば、少年の妄想をきれいに描いたものである。

代表的な設定は、主人公は内気な少年である。かれの近くに元気な美少女がいる。なぜか美少女のほうから主人公に近づいてくる。そして、彼女は宇宙の存在や世界の滅亡にかかわるような大きな存在なのだ。

これがひとつのパターン。『涼宮ハルヒの憂鬱』はこういう世界観で成り立っている。主人公は、どこにでもいる、ごくふつうの男子高校生。

とりたてて優秀なわけではなく、かといって不良や劣等生でもなく、女性にもてるわけでもなく、クラスで孤立しているわけでもない。ごくごくふつうの高校生。たまたま席が近いという理由だけで、クラスで孤立している美少女と口をきいてしまったために、彼女が起こす騒動に巻き込まれていく。それは学校やクラブ活動だけの問題かとおもっていたら、世界の存続そのものに直結する大変なポイントだった。ごくごくふつうの何でもない僕が、いつのまにか世界の存続の接点に立たされていることになる。

こういう妄想である。

読んでいると、ふつうに楽しい。おもしろい。こんな世界に住んでいられるのなら、ずっと住んでいたいとおもってしまう。有名なライトノベル作品を次々と読んでいると、楽しく、おもしろく、時が経つのを忘れてしまう。が、この世界にだけ籠もっていてはまずいだろう、とふと気づいてしまうような、けれどやはり籠もっていたいとおもう、そういう世界である。

高校が舞台の学園ものというところでも、涼宮ハルヒシリーズは人気を得た。まず、日常の高校生活があって、そのあとに「宇宙人や超能力者、未来人」などが出てくるのである。（最初から出ていた友人たちがそういう存在だったと明らかになっていく。ただ本当にそういう存在なのかどうか、すこしわからない部分もある。）

ライトノベルは、学園ものばかりではない。

架空世界での戦争状態を切り抜けていく話や、異世界の能力者の話など、さまざまな状況が設定されている。

ただ、多くの場合、主人公は、読んでいる僕がシンクロしやすいように、ごくごくふつうの、何の取り柄もない男子として設定されている。近くに美少女がいる。彼女とは仲良くはなるが、それは恋愛ではなく、ましてその先の性的な関係につながることはない。でも、なぜか、僕は選ばれて、彼女と近い位置に立たされることになる。気がつくと、まわりは大変なことになっている。それを何とか切り抜ける。僕のちょっとした機転によることもあれば、偶然が重なって切り抜けることもあるし、まったく別の存在にただ助けられるだけのこともある。僕はヒーローではないので、僕の力だけで切り抜けるということは、基本、ありえない。また、何でもないような日常に戻る。

そういうお話だ。

僕は僕であるだけでいい

離れたところから眺めるだけで嬉しい美少女が何かと話しかけてきて、仲間のように行動する、というところが、少年にとってはたまらないモチーフである。

ただ美少女はおそろしく強い場合が多く、僕を圧倒する能力を持っている。ために、友だちというよりは、引っ張り回される役どころ、つまり姫と家来という関係に近い。実際に「お姫様と、本来なら口もきける身分ではない僕」の物語もある。「神が美少女の姿を借りて旅する僕についてくる」というものもあるし、「超絶した能力者が美少女転校生としてクラスにやってくる」というのもある。彼女は強い。守りたくなるような少女ではなく、僕が守られていることのほうが多い。そういう世界である。

僕はふつうで何の取り柄もないのだけれど、ただ、ここにいるだけで、世界の存亡と関わってくるのである。この場合、宇宙の危機や、地球の滅亡というのは、少年らしく壮大に言っているだけであって、「僕は僕であるだけで、世界にとって必要な存在なのだ」という意味がもたらされていればいい。僕は僕であるだけで必要とされていて、そして美少女に手下扱いされるような友人である。ほかに何もいらない。そういうことなのだ。たしかに、美少女を通して自分が世界に必要とされているのなら、男はほかには何もいらない。

ライトノベルだけを読んでいてはまずいというのは、「僕が僕であるだけで、世界は僕を必要としてくれる」なんてことはまず絶対にありえないし、「美少女が意味なく友人になってくれる」ということも、今生では起こりえないとわかっているからである。でも、抜けられない。世界はぬるく、ぬるま湯のように僕を囲ってくれたらいいのに、という心持ちを見事に受け入れてくれている。そういう世界である。

家族があり、学校に通っている少年時代なら、つまりは自分の判断で人生の選択をする自由の幅がまだ狭い時代に読んでいるにはかまわない物語である。

始まりは萌えたい気持ち

この物語世界が、00年代半ばに、爆発的に広がっていく。

外的な要因としては、メディアミックスが成功したこともあるだろう。深夜アニメ枠というのが00年代に広がっていき、「子供の見るものだったアニメ」から「若者向けのアニメ」が増えていった。この深夜アニメ枠にライトノベルから原作が供されるものが多くなった。ヒットすると、劇場版が公開され、さまざまなグッズが売られる。

そして、声優の人気が異様に高まっていく。

声優のアイドル化が一挙に進み、若者たちは声優のライブイベントに駆けつける。倒錯を超え、架空存在の実体化が進み、「自分たちが何かを好きでいたいから」というおもいから、いろんな架空のアイドルが作られていく。

「萌え」というのは「萌える対象」があって始まるものではなく、「萌えたい」というこちら側の内側の都合で始まっていくものなのだ。

おたくの普遍化

おたく文化というのは80年代から始まっているのであるが、あくまで日陰の存在であった。

「ネアカ」と「ネクラ」という言葉で人が分類され、大学サークルで言えば明るいのはスキー&テニスサークル、暗いのは文化系サークルとくっきりと分かれていた。

そのおたくの好む美少女にただ好かれる世界は、90年代のライトノベルの出現から徐々に一般性を持ちだし、1995年の「新世紀エヴァンゲリオン」で一挙に広がった。00年代を迎えるころから、ライトノベルはごくふつうの読み物として少年のあいだに広がっていき、03年のハルヒ出現、その翌04年には社会現象となるほどの大きな市場に成長していった。

自分の弱さを認め、そのままの状態でも、それでも世界に認めてもらいたい、という声が大きくなっていったのだ。00年代半ばの若者の小さな叫びは、ひとつひとつは小さな叫びでしかないのであるが、共鳴するように同時にみんなで小さく叫んだものだから、大きな流れとなってしまった。

カリブ海全域をすっぽり包みこんだ巨大ハリケーンのごとく、大きな渦を巻いて00年代を巻き込んでいった。

ただ、おとなは、いまさらライトノベルを読まない。知っていても社会現象として言葉を知っているだけで、その内容まで熟知しているわけではない。その状況が、また少年や、少年から少し時の経った若者側としては愉快な風景である。自分たちはごくふつうの世界として知ってるエリアに、おとなはいっさいかかわってこないのである。かかわってくるのは、このエリアで金を儲けようとしてるおとなだけである。

ライトノベルを持ったままおとなになる

ライトノベルが、「1955年のデラウェア川の決壊」のように広がっていくさまは、べつだん、美少女好きのおたくの力によってできあがったものではない。それは、社会全体の底から突き上げられるように、下の世代の大きな欲望と小さい叫びが結集したものだったのだ。

僕たちの社会は、個々が自分の快楽のための場所を優先的に占拠するように先導してきた。だから、90年代から00年代に青年になっていった世代は、左手にライトノベルを持ったまま、おとなになっていったのである。かつて東大安田講堂が陥落するころ、若者が左手に持っていた少年マガジンの位置にライトノベルがあった。

社会が、集団をどんどん個に解体して、より多くの資本主義的利益を得ようと躍起になり、それは20世紀の最後15年を通じてみごとに解体されていった。個人個人に解体された若者たちには、団結せよ、というスローガンは何の意味も持たない。しかし、個々に分断された先で、個々に勝手に動きまわることで、社会をなんとか攪乱させようとしていた。おのおのが連携することなく、連絡を取り合うこともなく、スローガンも掲げられないまま、それでも若者は個として勝手に動くことによって、何かを動かそうとしていたのではないだろうか。そういう気がしてならない。

内なる世界を大事にしたい

少年たちは「なにかに萌えたい」という心持ちを積極的に発動させることによって、「自分たちの求める心地よい架空空間」を獲得していった。まず先に「楽園としての架空空間」があった。それをうまくすくいあげたのがライトノベルである。

少年たちの心持ちは、まず、「あり得ない状況を妄想」するところから始まった。それをいろんなメディアがカバーする形で提供してくれたので、そこに安心して居続けられる場所ができた。

少年の心持ちのままで成長していっても、さほどとがめられなくなった。

それは、女性に対して積極的に行動しないタイプを多くうみだし、美少年でもないのに美少年ぶることに価値を見いだす層を形成することになった。結婚しない男が増えていくことになる。しかしそんなこと、少年の側から言わせてもらえば、知ったことではない、のである。

社会の動向とは無関係に、自分の内なる世界を大事にしたいのが少年である。その先になにが待っていようと、自分が獲得した世界を譲るわけにはいかない。

これは少年たちだけに起こった物語ではない。

少女たちも同じ物語に取り込まれていった。

やおいからBLへ

腐女子、という言葉がある。

フジョシと発音する。

もとは婦女子をもじったインターネット上の俗語であった。

腐女子は「おたく女子」を表す言葉である。おもにボーイズラブと呼ばれる男同士の恋愛物語を好む女子を指す。そこから広く「おたく女子」全般をさす言葉としても使われる。

男子がライトノベルにその欲望の可能性を感じていたとき、女子は「ボーイズラブ」に静かに熱狂し始めた。

ボーイズラブ。ＢＬと略されることもある。この場合は、ビーエル、と呼ばれる。

男と男の恋愛物語である。

ボーイズラブはかつて「やおい」と呼ばれていた。

山なし、落ちなし、意味なし。それぞれの頭一音をとって、や、お、い、である。説明しているだけで気怠い気分になってくる。当時も説明を受けているだけで、気怠い気分になったものである。それは90年代の後半あたりから00年くらいにかけてのことだった。多くの場合、少年誌人気漫画登場人物の関係性を、自分たちの好きなように描き変えていくことで、この分野が発生した。キャプテン翼から始まり、スラムダンクで大きく人気を得た。

その「やおい」が、時代を経てボーイズラブと呼び替えられ、より広く支持者を増やしていった。

大学の漫画研究会には、確実にやおい系の腐女子が増えていった。

ただ、やおい、という言葉には放っておいてほしい、という意志が強く滲み出ている。当人たちが、おもしろくない、と宣言しているのだ。わからない人が読んだっておもしろくないから、近寄らないでほしい、と言っていた。だからその説明を聞いたときに、とても気怠い気分になったのである。それは、放っておいてほしい、と宣言しつつも、どこかで、かまってほしい、という気分が見え隠れしていたからでもある。

とりあえず「わたしたちの勝手な趣味なので放っておいてください」と宣言していたのが「やおい」である。

これがボーイズラブ、という呼称になるとニュアンスが変わる。こちらに近づくな、という排他的意味が薄れてくる。こういうのが好きだ、という一方的な宣言だけに聞こえる。おそらく、この市場を大きくしたいという商業的な意志によって、広く支持されだした言葉なのだとおもう。

言葉が変わり、イメージが変わり、そして市場が拡大していった。

開示された少女の性欲

　00年代にはボーイズラブは、大きなマーケットになっていく。

「男同士の恋愛」というのはもともと日陰の存在であったし、そういう恋愛に耽溺する趣味、というのは、かつてはあまりおおっぴらに開示されているものではなかった。そこに若い女性が集まってきたのである。

　ライトノベルが売れていくのと裏表になっている。両者は併走しはじめた。

　少年の妄想は、よりリアルな妄想となるように彫琢され、少女の性欲も初めて商品として形を与えられていった。

　少女の性欲の開示は、もちろん少女たちの手によって始められたのであるが、ぎこちない手作りの世界は、やがてソフィスティケートされ、少し薄められて、広く売られるようになった。いまではテレビで広告まで流れている。洗練されはしたが、芯の部分の衝動はいまでも残っている。そこでは「いま、少女の性欲が開示されたのだ」という躍動感がいつも漂っているのだ。それはまたあとから来たものたちもきちんと巻き込み、昂奮させていく。

　少女の性欲というのは、他所《よそ》から想像しても、べつだんリアルにたどりつけるわけではない。それは彼女たちにとってもつかみがたいものだからだ。たいていの場合、なにかしら漠然としていて、いろんなほかの欲望との境界が曖昧である。あえて切り離して、性行為そのものに興味を示している姿だけに焦点をあてたとしても、それも性欲そのものだとはかぎらないし、多くの場合、性欲以外のものがかなり含まれている。

ライトノベルにしても、ボーイズラブにしても、もとは10代の少年少女に向けられたものである。社会的な活動がいちじるしく制限されている世代のものであった。限られた世界の中で、その欲望をどうやって充足させるのか、という、そこに狙いがあった。欲望そのものには方向性がない。どこをめがけて情熱を燃やせば、自分が充足できるのかなんて、そんなことは少年にも少女にもわからない。

少年は、だから「萌える」という方向を打ち出した。成就することのない恋愛感情である。つまり成就が目的ではなく、でも、対象に対して強い感情を抱くこと。その力の方向をとりあえず重視していく道を選択した。

少女は、ボーイズラブを取った。成就しない、という点では同じである。(現実世界で成就しない恋愛に熱中する連中が「おたく」と呼ばれるのである。)

山なし、落ちなし、意味なし。つまり「ストーリー展開は存在せず、結末はなく、全体像さえも存在していない、そういう物語」、これを愛する地平から、この世界は始まっている。

暴力的なオスを避ける戦法

男と男の性愛をメインにしたのは、そのほうが抽出できる恋愛関係が純粋なものになるからである。ボーイズラブでは、男同士の激しい性描写などもある。ただあくまで「自分たちが興味ある男性たちが男性同士で恋愛、葛藤、性行為におよぶ」というものであり、読者である彼女たちの身体はそのライン上には存在していない。彼女たちが、その性行為そのものにつながる自分たちの身体を夢想することもない。

激しい性描写であろうと、彼女たちにとっては、どこまでも観念的世界の描写である。少年が激しい性描写を見て感じるものとは種類が違う。

彼女たちは、そこから「ストレートに結ばれることのない愛」を見いだし、その中心ラインに向かって萌えているのである。

それに男同士の性描写をメインに据えると、自分たちが性商品として消費されることを、大きく避けられることになる。

少女は、つねに性的な存在として、男性側から目をつけられる。それも、同世代だけではなくもっと上の世代の男性から、性的対象物として見られる。古来、そういうことになってしまっている。動物として、そういう仕組みになっているので、この事態は避けられない。

だからもし、少女が性的欲望を開示しようとして、臆面もなく「男と女の性愛物語」を熱心に読んでいたら、その少女の心持ちや性欲や嗜好をまったく無視して、彼女を性の対象として激しく消費しようとする男性が続出する。多くの場合、おじさん、という形象をとって現れる。「そんなものを読んでいるなら、教えてあげようか」という下卑たラインから、野卑な表情で、地獄で小間使いをさせられている小さな餓鬼よりもみじめったらしい様子で近寄ってくる。

きわめて暴力的である。無視するだけでも、かなりの体力と労力を使う。そんなものに対処をしているだけで、多くのものを失ってしまいそうである。自分の性的関心を開示しただけで、まったく興味のない暴力的空間に巻き込まれるのである。ふつう、そういう戦法はとるべきではない。

「男と男の性関係の物語」を前面に掲げさえすれば、それが避けられる。

みごとに、暴力的なオスどもが引いていくのである。だから、男同士の恋愛性物語をまとうことによって、やっと少女たちは自分たちの性欲を開示していったのである。

少女の夢想

もちろん、最初から「暴力的なオスどもの性欲の対象にならないため」にそう選択したわけではない。『スラムダンク』で言うならば、彼女たちは、ただ桜木花道と、流川楓と三井寿の友情（というか仲間意識）に感動したのである。でも自分たちがその友情ラインにつながることは未来永劫にできない。だからかれらの友情を恋愛に読み替えたのだ。

男の読者がふつうに読んでいても、かれらの関係は恋愛と同じものだというのは感じている。ただ彼女たちは、花道と流川と三井の三人をより自分のものにするために、より激しく無理を押して、恋愛関係に引っ張っていったのである。それが「少女の夢想」である。（少女の妄想と言ってもいいのだが、少年の妄想とは、かなり種類のちがうものなので、夢想と表現しておく。厳密に言うなら、夢想したうえで、夢想の先で性方向に歪めてみた、というような試みである。最初から性的な少年の妄想とは種類がちがう。）

花道と流川と三井が肉体関係を持つような夢想をして、それを実際に描いてみて、人前に出してみた。最初は息をひそめて見つめていたとおもう。ところがこの作品群は、同好の士には熱狂的に支持されるが、性欲に駆られた暴力的なオスは近寄ってくることがない、とわかった。もともとそうではないかと想像はしていただろうが、実際に作ってみれば、よくわかる。（男同士の性行為をふつうに受け入れる余裕のあるおじさんは、そう多くはない。)

そこを突破口にして、つぎつぎと「性欲を開示する少女たち」がなだれこんでいった。気がつくと大きな流れになっていたのである。

彼女たちは80年代から90年代にかけては、日陰者、という立場に立っていた。あくまでわたしたちは、不思議な趣味を持った人たちなので、という断りを入れていた。腐女子の「腐」にこめられたおもいは、彼女たちの自嘲である。

それが00年代に広く大きく開けていった。狭い通路を手探りで登っていたところ、いきなりの大草原に出てしまった。そのまま全力で叫びながら疾走した。その疾走はいまも続いている。00年代は少女たちの性欲の開示の時代であった。

女性が萌えるポイント

ちなみに、彼女たちは同性愛者ではない。性的対象は男であって、その男同士のむつみあいを見て喜んでいるのである。

女性が好きなのは「恋愛における関係性」である。

女性が好む物語の原型は、男と女が二人、好きあっているのに、まわりに障害が多く、それを乗り越えないと二人は結ばれない、その障害を乗り越えるさまを描いたもの、である。

「恋愛における関係の変化と継続」を見て、そこに萌えるのである。男の視線を拒否するのに便利なため、男同士の愛を眺めているが、だからといって、そこに少女は自分を入れていないわけではない。

自分の〝身体〟はそのライン上に入れていない。ただ、その錯綜する恋愛〝関係〟のなかには、自分が入ることを夢想している。少年は肉体を妄想するが、少女は関係を夢想している。

男同士が求め合う恋愛であっても、その関係性だけを抽出すれば、いつか自分もそのラインに入れる可能性がある、と夢見ることができる。男同士というのは、ただの包装紙にすぎない。家に持って帰って自分の部屋に入ったら剝がして捨ててしまうものである（中には綺麗に折りたたんで大事に仕舞う子もいるだろうけれど）。大事なのは中身、である。「ストレートに結ばれることのない愛」。彼女たちが欲しいのは、その「たどりつくのに困難な部分」なのである。

男同士という設定であれば、出会ったときからの相思相愛であろうと、やはり社会的困難に囲まれる。彼女たちにとって、よりそのほうが萌えるわけである。男同士というのは、そういう意味で「いろんなことから逃れるための戦略」として選択された。すぐれて有効な選択だったのである。

明るいおたくの増殖

男子も女子も、「自分の内なる性的妄想をとりたてて隠さなくてもいい状況」ができあがっていった。90年代にかなり周到に準備され、00年代にみごとに花開いた。

僕は大学の漫画サークルに70年代の終わりから参加しており、そのまま三十有余年にわたり、かれら彼女らと一緒に過ごしている時間が多い。

長いスパンで大学の漫画サークル部員を見ていておもうのは、「明るいおたく」がここのところやたらと多くなった、ということである。むかしながらの暗いおたくもきちんといる（人の目を見て話せないし、自分の話となると相手が聞いているか聞いてないかをまったく気にせず、滔々と喋り続けるような正統派おたく）。でもその連中だけではなく、もっとごくふつうに見える連中が、00年代になって大挙して入ってきた。かれら、彼女たちは、根のところではやはり漫画好きでアニメ好きで、おたくなのであるが、表面が明るく、ふつうに人付き合いができる。

00年代後半から10年代に入り、「明るいおたくが多くなった」というレベルをクリアしたような活況を呈している。アニメや漫画好きのおたくはもともと明るいのではないか、とおもえるような状況になってきた。

おたくが暗いというのは、性欲がストレートに出せていない、というところと密接に関わっている。だから、そこにひとつの回路が開けるだけで、まったく違う空気になっていった、ということとなのだろう。

大学の漫画サークルに入ってくるのは、本格的な重症のおたくとは違うという面もあるだろう。

90年代は、もっと暗くてよく喋れないおたくが常にサークル内に一定数いた。男子はコミュニケーション能力が著しく低く、女子は明るく振るまいすぎてやがておかしくなっていく、という厄介なグループをいつも抱えていたのである（いまでも抱えてはいる）。

しかしあきらかに00年代に入って、サークルの空気が変わった。

人数が増えた。00年代後半になって一気に増え、二泊三日の合宿に参加するメンバー数が70名前後になった。コンパの種類によっては100名を超えることもある。巨大サークルである。漫画研究会は60年近くの歴史があり、その大雑把な人数を僕はたまたま把握しているのであるが、ここまで巨大化したのは歴史上初めてである（この前に多かったのは1981年ころである、当時でコンパ70名くらい）。これもあきらかに「女性おたくの参加」がもたらしたものである。

コミケという祭り

この、少年の妄想展開と、少女の性欲開示を、すべて受けいれるイベントがある。

コミックマーケット。

略してコミケと呼ばれる。

夏のお盆休みと、冬の年末に開かれる。現在はだいたい三日間の開催。

動員数が異様である。２０１３年夏のコミックマーケットは59万人の参加であった。

一日20万人ほどの人が集まってくる。目的もなく現場に行くと（僕は何度か目的なく行ったことがあるのだが）、ただただ、その人の多さに圧倒される（目的なく、とは、買いたいものがなくて出向く、という意味である）。

20万人が一日中まんべんなく訪れているわけではない。求める同人誌を買おうと、みな、朝一番に到着しようとする。20万人が（少なくとも15万人くらいは）朝6時前には会場前に集結している。

戦国時代最大の合戦であった関ヶ原の戦いは、徳川軍と西軍を合わせて十数万人の戦いだったと言われているから、それを凌駕している人員の集結である。それも原っぱではない。展示場だ。展示場に20万人集まると、大変なことになる。ただ壮観である。しかも朝一番の参加者はみな殺気立っている。

現場にいると、人の多さに、ただ圧倒される。人を見てるだけで酔う。買うものもなくこの場所に立っていると、人々の放つ気配に打ちのめされそうになる。「みんな、いったい何を求めてここに来ているのだ」とおもう。

実際に聞いてもいる。漫画サークル部員の8割はこの場所に来ている。何を求めに来てるのか、聞くサンプル数だけは腐るほどある。何回も何人も聞いた。でも、みんなはっきりしない。

自分の妄想や性欲について、正確に語れる若者というのは、少ない。

「何を求めてここに来てるのだ」と聞くと、ふつうは、買いたい同人誌があるから、と答える。なかにはコスプレを見たいから、というのもある（コスプレを見せたかったから、というのもあった）。ただそれだけではない。

どうやら「何かがありそうだから」というのがみなに共通する答えのようである。

実際には何かあるわけではない。ただ一日20万人（三日通しで行ってる者も多いので、のべ60万人近く）の人が集まる熱気に触れたくて、その空気を感じる場所に来てるのである。つまり、祭り、である。それと同時に自分の大好きなレアな同人誌も手に入れる（うまく立ちまわらないと手に入らないことも多いのだが）。自分のことをわかってくれている作品が、ここにはあるのだ。自分が描きたかったものが、自分の妄想が、わたしの夢想が、ここにはあるのだ。それが手に入る場所なのだ。しかも、多くはここでしか手に入らない。

夏に三日、冬に三日、東京の有明にある国際展示場に異様な数の人が集まってくる。熱気にあふれている。あふれすぎてやや時空が歪んでいる。60万人となると、世界の会戦史上最大規模と言われた日露戦争の奉天会戦の兵力とだいたい同じである（日本軍24万、ロシア軍36万）。比較していて意味がわからない。しかしそれは現場を実見しても意味がわからないから、しかたがない。意味不明の人数がこの会場に集結しているのである。

コミックマーケットは70年代に始まり、80年代後半から一気に過熱して、00年代半ばに制御がきかないほどのスケールになった。

不思議な祭りの空間

「個人で抱えていた性欲の方向」が大きくマーケット化されたとき、同じ気持ちの人間がこれだけいるのか、と確認できるのは、とても安心できる。

ただ、ワーテルローの戦いも超える人数が集まるイベントが、膨張しつづけるということは、また同時になにかを失っているということでもある。

「ひとり内側に向かっているばかりの情熱」が外側に出てきて社会的な動きとなっているのである。個は個でいい、ということを、多くの人間が集まって認め合っている。だからこれだけの人数が集まっていても、それがひとつにまとまることはない。集まれば集まるほど、熱気にはさらされるが、熱気の方向性がなく、中心がない。祭壇のない祭りである。祭るものがないのに、祭りの形態をとってしまっている。だから「たまたま近くを通ったら賑やかそうなので寄ってみた」という人が存在しない。たまたまの参加が許されていないのだ。たまたま寄ってみてもいいだろうが、おそらく何の祭りかまったく意味がわからないはずである。

60万人近くの人を集めた祭りながら、どこまでも閉じている、というのが最大の特徴である。

閉じたまま、膨張し続けている。そしてこの閉鎖感は、解放されることがない。なぜなら妄想と性欲の開示のための場所であり、一種の秘密集会だからである。解放されたら、この集会場は捨てられるばかりであろう。

秘密の集会が、近代戦争の戦局を左右するほどの人数で行われているところが異様なのである。もちろん参加者もそのことを意識して、その異様さが増幅されている。会場の空気は小さく締められた熱気が十万単位で密集しているため、ただ混沌としている。

開かれておらず、統一されていない熱気が充満している。

数十万人という人数が集まりながらも、みなが同じ感情で動くことはない。連帯はない。統一もない。

ここに集まれば、やはり僕たちは個である、ということがよくわかる。

祭りの忘我はない。でも、若者は集まる。

排他的な祭りである。若者以外が参加することはほとんどない。

しかし今後、この祭り空間はより広がっていくだろう。閉じたまま大きくなっていくはずだ。

いまもまたこの祭りに参加したい少年少女が増えていってるからである。

数十万人が集まる空間なのに、抜けるような祝祭感はない。だからこそ、限界がないのである。これからも増えていくばかりである。

この、不思議な祭り空間を眺めていると、僕たちが90年代から00年代にかけて、いろんなものを捨ててきたことがわかる。

個であることを強く要望された結果、いくら多く集まっても若者は個であることから脱することができなくなった。集団で動く熱狂の訓練を受けていないからだ。意味なく若者だけが集まる場所を、僕たちの社会はいつしか失っていたのだ。

個である若者が50万人集まったところで、やはり、個のままである、ということが丁寧に毎年、夏と冬に展示されている。

それはあらたな文化を生み出しているのである。しかし芯を持った熱狂を生むことはない。

若い男性たちの集合体は、解体され、消失していった。

若い男性の〝世間〟の消失である。この消失がコミックマーケットの熱狂を呼んだのである。

第４章　「若い男性の世間」が消えた

高田馬場はいつからラーメンの街になったか

高田馬場はラーメンの街である。

高田馬場から早稲田にかけて、ラーメン店が並んでいる。ラーメン専門店だけで80店舗近くある。「ラーメン以外も出す中華料理店」を加えると100店を超える。

もとは「えぞ菊」というラーメン店がとびぬけて人気だった。70年代から80年代にかけて、高田馬場から早稲田で唯一、行列のできるラーメン店であった。おそらく、この有名店があったため、いろんなラーメン店が高田馬場に出店したのだろう。90年代にいくつかの有名店が出店し始めた。えぞ菊を中心に、早稲田と高田馬場を結ぶ道が〝ラーメンストリート〟を形成し始めた。

決定的だったのは2002年のテレビ番組である。「全国民が選ぶ美味しいラーメン屋さん列島最新99」。

2002年の大晦日、紅白歌合戦の裏番組として、日本テレビが、日本全国のラーメン店をランキングしていった。その全国一位になったのが、高田馬場の店だったのだ。「俺の空」である。山手線沿いにいまでもある。

全国のかなりの人が見たとおもわれるテレビ番組で（大晦日の夜というのはあまりやる

ことがないので、裏番組がつまらなくなると、ときどき僕でさえぼんやりと眺めていた)、全国一位を取ったのだから、大変だった。翌日から始まった2003年はずっと長蛇の列ができていた。

流れが加速した。有名店が増え出した。地方の有名店が東京へ進出するときに、まず高田馬場に支店第一号を出す、という展開もいくつか始まった。街全体でラーメン博物館の様相を呈し出した。

ラーメンムックの栄光と衰退

男子大学生は、ラーメンが好きである。女子ももちろん好きなのであるが、男子は徹底して好きである。

その、男子大学生とともに、数年かけてこの高田馬場のラーメン店を片っ端から食べていった。

全店をみなでまわった。それも数回ずつまわった。みんなで手分けしてランキングを付け、小さい冊子にまとめ、それを大学の学園祭で売った。ラーメン店の入れ替えが激しいので、毎年、改訂版を出している。

いちど、ラーメンのムックを定期的に出している双葉社の編集者と話をしたことがある。双葉社は神楽坂と飯田橋のあいだにある出版社である。

学園祭でラーメン冊子を作って売ってるんだけど、これをきちんと作り直したら、ふつうに書店で売れるものにならないかな。

編集者は、むずかしい顔をした。

そもそも、いまの時代、ラーメンのムックは売れていないそうである。

ムック、というのは、雑誌の形をした書籍のことである。写真を多用して、雑誌ふうに作ってあるが、書店での扱いは「書籍」になる本のことをさす。（書店では、雑誌と書籍は扱いが違う。雑誌は、次の号が出たらそこで必ず返品するが、書籍は置いておくつもりなら、いつまでも置いておける。ムックは雑誌ふうの作りになっているが、書籍なので置いておこうとおもえば5年でも50年でも書店の店頭に置いておけるのだ。ちなみにムックとはマガジンとブックを合わせた造語。）

ラーメンムックは、かつてとても売れていた。

90年代から売れ始め、00年代初頭にもっとも売れていたそうだ。高田馬場がラーメン街になる道程と同じである。もっとも売れていたころは、一冊10万部以上売れていたらしい。ものすごく儲かるコンテンツである。いつも10万部売れるムックのコンテンツを持っているなら、その部署は出版社内でかなり大きな顔ができる。それが00年代初頭における

「ラーメン情報誌」のポジションであった。

部数は、00年代の10年をかけて見事に落ち込んでいった。2010年には1万部のムックになった。10年できれいに十分の一になった。ラーメン情報誌にとっては、00年代はみごとなほどの退却戦だったのである。

それでもまだ出されている。かつてほど頻繁には出ないが、まだラーメンムックは書店に並んでいる。1万部売れるムックというのは、まだ手放すコンテンツではないのだ。大きな儲けは期待できないが、売れるかどうかわからないムックを新たに出すくらいなら、確実に1万部近く売れるものを出し続けたほうがいいのである。10万部売れるというのがどれほど大きなことなのか、このことからも想像できる。

インターネットでこと足りる

双葉社の編集者は「いまラーメン情報は、すべてインターネットが主導です」と言った。

言われればそうである。われわれが高田馬場から早稲田にかけてのラーメン店を網羅しようとしたときに使ったのは、ラーメン情報誌ではなく、インターネット情報だった。インターネットの情報を端緒として、それから現地をまわって、洩れをチェックして（インのターネット情報にはかならず洩れがある)、自分たちだけの情報を作り上げていったのだ。もとになったのは雑誌ではなかった。

いまはもう「どこのラーメンがうまいか。値段的にお得か」という「ラーメン店一次情報」については、すべてインターネットでこと足りるのである。インターネット情報を信用していいのか、とおもう人もいるだろうが、使いようによってはそれで大丈夫なのだ。全面信頼さえしなければ、最初のステップとしては使える。そもそも「書籍に載ってる情報をすべて信用していいのか」と言われたら、インターネットよりはましではないか、という子供の喧嘩のようなセリフしかおもいうかばない。書籍に載っている情報をすべて信用してもいけない。

インターネットの情報は、ふつうの人たちによる「口コミ」評価である。だから無料である。情報発信者が報酬を受けていない。口コミ数が少ないときは、かなり信憑性に問題があるが、母体数が増えれば、つまりもとの情報が数百件を超えるようになると、みんなが納得できる平均値に落ち着いてくる。

「たいへん多くの人が参加する」ということは、不思議な公平性を生み出してくる。(僕はこれは不思議だととらえている。常に公平になると考えると、かなり危険な感じがするからだ。)

この、母体が多くなると安定する仕組みを、より安定したものへと構築しようとする人たちがいる。いっぽうで、これを何とか自分たちが有利になるシステムに変えたいという資本主義的欲望がむき出しで存在している。両者はすれ違う位置に立ちながら、常にかちあっている。それが魅力的な不安定さをつくりだしている。

不安定さというのは、この高度資本主義社会にどっぷり漬かった僕たちの社会に躍動感をもたらすため（少なくともその可能性を秘めているため）、何となく僕たちは好意的に受け入れている。安定して動かないものだけで世界が作られていたら、退屈でたまらない。言葉にしないが、僕たちはいつのまにか、そういう世界で生きている。

すべてインターネットのせいか

「どのラーメン店がうまいのか」という情報を売るくらいでは、金が取れない時代がやってきた。

考えようによっては、少しまともな世界になったようにおもえる。もともと、僕たちはそういう社会で生きていたのだ。ただ、そこで取りっぱぐれたお金は、もっと別のところから巻き上げようとされる。そのための巧妙なシステムが構築されるから、情報が無料になったところで、トータルでは僕たちはさほど得をしているわけではない。システムが変わる瞬間が、すこしおもしろい、という程度のことだ。

いま書店で売られているラーメンムックの情報は、だから、かなり深く入り込んだマニアックなものになっている。たとえば「麺を切る刃の種類とその断面の違い」というレベルの話が載っている。刃の種類によって、ラーメンの味がちがってくる、ということらしい。もはやガンダム好きの熱いガンダム語りと、あまり差がない。

雑誌側からすれば、インターネットが出てきて、いろんな情報が無料になったから、困ったことになった、という風景である。インターネット上に素人の口コミが氾濫するようになって、それまで売れていたラーメンムックが売れなくなった、何とも無茶な世の中になった、というところだろう。編集者のため息が聞こえてくる。

インターネットによって、世の中が大きく変わっている。そう考えたくなる。たしかにインターネットが出現することによって、いろんなシステムが変わり、それぞれの対応を迫られている。革新的な動きである。

ただ、この社会の底が抜けるような変化を、すべてインターネット周辺が原因である、と考えるのはものごとを単純化しすぎである。僕たちの社会は、すでにそういう気楽に切りとれるような構造ではなくなっているのだ。金儲けをするために、いろんな細かいシステムが構築され、ちょっとやそっとでは変えられないものができあがっている。

グルメ情報の享受法

もともと「どこのラーメン店がうまいのか」という情報が金になったのは、いつの時代からか、と考えてみれば、これはさほど古い時代の話ではない。日本人の生活に余裕ができてからあと、である。1980年代からだ。具体的に言うなら1985年よりもあとである。

もちろん文化文政のころから、つまり江戸時代から、グルメ情報というのは印刷出版され、金に換えられていた。ただ、あくまで補足情報のように、人がふつうに生きている基盤とは別の人生のおまけとして売られていた。奢侈なものであり、趣味の分野のものである。生活とはべつの余禄だ。

もちろん「うまいものを食べる情報」は2000年代になっても余禄のエリアに入る。しかし僕たちの社会を構成している人は、ほぼみな「うまいものを食べる情報」を喜んで享受している（あくまで拒否してる人たちもいるが、かれらはまた別のエリアでの余禄情報を得ているはずである）。そういう情報を、多くの人が欲しがるのは昭和の末期から、特定するなら1985年からなのである（べつだん1983年からでもいい）。

だから、どの店がうまいのか、どこで外食すればよりお得な気分になれるのか、という情報が細かく売りに出されたのは１９８５年以降なのである（１９８３年からでもいいが、それ以上はさかのぼれない）。00年代半ばには再びその情報は無料化される。たかだか20年ほどの特殊な文化にすぎない。

１９７０年代のことをおもいだすと、どの店がうまいのか、というのは、人が噂していることをうまくすくいあげるしかなかった。そういうことに敏感で、聞き耳を立てていれば、なぜか情報は入ってきた。断片であったが、まったく情報がなかったわけではない。人は、インターネットがなくても、情報誌がなくても、自分に必要な情報は何とか手に入れることができたのだ。

「どの店がうまい店なのか」というレベルの情報で金を取る、という時代はあっという間に去っていった。その前の時代の記憶がある者としては、もとに戻ったという気がしてしまう。軽いペテンは通用しなくなった、というおもいである。

自分たちの社会が発展、進化してるという考えが好きな人なら、前よりもいい時代になったと考えればいい。輪廻や循環という考えが好きならば、むかしに戻ったと考えるばかりである。どちらのとらえかたが正しいということはない。好きなほうを取ればいい。僕は、繰り返す、という考えのほうになぜか親和性を感じるので、そちらを取るばかりである。

どの店がうまいか、なんて、誰かに聞けばいいんである。むかしは、遊び人ふうのおじさんに聞いた。おじさんは、やさしく教えてくれた。金なんか取られはしない。それでいいのである。

ただ、いま、あまりそういうおじさんがいなくなった。

叔父さん、という存在は、人類にとってとても大事な存在である（なんだかそういう本を読んだようなぼんやりした記憶があるのだ）。人類にとって大事なのは、叔父さん、ないしは、伯父さんということになる。母の弟、というのが、もっともこのイメージに近い叔父ではあるが、べつだんいまの社会なら父の弟でもかまわない。

あまり社会で役立っているようにはおもえないのに、親族の集いのときにかぎって目立って存在感を出す叔父さんは、大事な存在である。親類の子供にとってはものすごくおもしろい叔父さん、というのでもいい（19世紀的小説世界では、ひとりいろんな冒険をしている叔父さんとなる）。そういう叔父さんが垣間見せてくれる大人の世界へ通じる空間、というのは少年少女にとって、とても大きなものであった。

見えない社会の底で

インターネットによって、情報が広く開かれた。インターネットでつながることによって、社会のシステムは大きく変わりつつある。

ただ、システムが変わっているだけであって、社会そのものを変えたわけではない。すべてがインターネット接続で動いていったわけではないのだ。

流れの本質は別のところにある。社会の底を抜いているのは、もっとべつの僕たちの大きな共同思念ではないか。

インターネットが社会の表面をわかりやすく覆っているとき、その流れとパラレルに、見えない社会の底で大きな動きが連動しているように感じる。僕たちは、何かすごく大きな別のものを失いつつあるようなのだ。川の流れを見ているときに感じるぼんやりとした不安、それと似たような感覚をふと感じることがある。

都市情報誌の栄枯盛衰

『TOKYO1週間』という雑誌があった。

講談社から出ていた雑誌である。いまはもうない。

角川書店から出ていた『東京ウォーカー』という雑誌を後追いして作られたものであ

る。東京ウォーカーはとても売れていた雑誌である。講談社はそういう戦法が得意である。ポパイのときのホットドッグプレス、フォーカスにたいするフライデー、後追い雑誌で先行誌を抜いていく、というのは講談社の得意技である。あまり自慢できる技ではないが、ルールを守っているかぎりは、認めざるを得ない戦法である。

『TOKYO1週間』は1997年に創刊され、2010年になくなった。

まさに00年代を代表する雑誌であった。

都市情報誌である。

04年から05年あたりは、先行誌『東京ウォーカー』を抜いてトップだった時期もある。

00年代の花形雑誌のひとつであった。

ラブホテルや、個室の温泉などを紹介して、人気だった。後追い雑誌というものは、だいたい先行誌の洗練したところは真似ず、下世話なところで勝負していくことが多い。

東京ディズニーシーの開園（2001年）以降、ディズニー紹介でも売り、また個室レストランや個室温泉、個室居酒屋情報でも売った。それが00年代の半ばである。

あっさり言えば、激安情報と、「カップル二人きりで使える空間」の紹介で、売上げを伸ばしていったことになる。それが00年代の空気でもあった。ラーメン店情報も積極的に載せていた。

都市情報誌は00年代でほぼ生命が尽きる。04年には全盛を誇ったが、あっという間に売れなくなり、00年代の終了とともに『TOKYO1週間』はなくなった。

なぜ情報誌は滅びたか

この中心時代に編集長をやっていた人に話を聞いた。

彼女が言うには(女性編集長でした)、雑誌がなくなったのは、インターネットに負けたからではない、という。休刊の直接の原因は、広告費の減少によるものだ。雑誌は、その売上げだけで採算を採るわけではない。雑誌に載せている広告から取る広告費の比重が大きい(これは新聞も同じである)。その広告費が00年代後半から、がたんと落ち、とてもそれまでと同じ経費を使った取材ができなくなっていった、というのだ。広告費が入らなくなったことが、雑誌そのものの休刊のきっかけになった。

そして、べつの背景を話してくれた。

情報誌というのは、これから流行しそうなモノを見つけて、それを知らせていく場所ではないのだ、と元編集長は語った。

まず、街で起こり始めたムーブメントがある。その流行の兆しを見つけて紹介するのが雑誌なのだという。その目のつけどころが間違っていなければ、雑誌は売れる。

あくまで街の動きが先である。

情報誌がそれを拾って、そのムーブメントに気づいてない人に提示して、それを受け取った人たちがまた広げていく、ということになる。

先端的な人たちが動く→雑誌で取り上げる→ふつうの人たちが追いかける→再び取り上げる→大きなムーブメントになる。

こういう流れである。大きな流れになりそうなものを見つけて、雑誌媒体そのものも、その流れにすっと入っていくのだ。そういう動きが情報誌の生命ラインだった。

これがなくなってしまった。元編集長はそう言った。

つまり街での目立った動きがなくなったのだ。特に男性になくなったという。

女性にはまだその動きはある。だから女性誌は2010年代もいくつも生き残っている。でも、男性社会にそういう動きがなくなったのだ。

00年代初頭にはあった。TOKYO1週間という雑誌が売れた2000年から2005年ころにかけては、そういう「目に見えないが確実に存在している先端的な社会の動き」があったという。だから雑誌がうまくすくいあげれば、売れた。

東京という街に出てきて間もない、まだ右も左もわからない若者が、こういう情報誌を見て、大雑把ながら〝東京という世間〟のガイドラインをつかんでいったのだ。世間が先に動かなくなれば、そのラインはすべて停止する。

でも、若者は困っていない。もちろん細かいところでは、すべての若者はいつも困っているのだが、情報誌がなくなってもほとんど何も困らない。それはインターネットで補足できるからではない（もちろん補足はしているのだが）。その前提となる「小さいソサエティが消滅したから」である。

消えた「若い男性の世間」

小さいソサエティは、世間とも呼ぶ。

「若い男性の世間」がなくなった、と元編集長は嘆息するように言った。

かつてはそういう〝世間〟があったのだ。00年代初頭にはまだあった。妙な叔父さんが元気に跋扈する空間と隣接して、きちんと存在していた。

若い男たちの世間。それが、00年代にきれいに消えていったのだ。僕たちの社会が00年代に失ってしまったもののひとつである。インターネット的高度情報社会に変貌しつつある00年代、オスはいとも簡単にそのシステムに組み込まれてしまった、と考えることもできる。

もちろんいまでも男性ファッションの流行は存在する。流れもモードもある。

ただ、おそろしく細分化されている。巨大化して何のために存在しているのかわからなくなった中国王朝の官僚組織の末端を見るようである。現場は細分化され、それぞれ現場の対応で忙しいのであるが、全体としてどこに向かっているのかだれも知らないし、だれも興味を持っていない。そういう状況にとてもよく似ている。この場合、全体像をとらえようとすると、完全な徒労に終わることが多いので、みながそういう試みを放棄してしまっているのだ。

この新書を書くときに、00年代を通した全体像をとらえようとして、まったく徒労に終わった感じとすごく通底している。

おそろしく細分化され、気の遠くなるような細かい分野に区切られてしまった。そのため、モードについては、自分の好きな分野だけを見つめていればことがすむのである。消費者としてのおしゃれ男子は、すごく狭くそこそこ深い知識を持っていればそれで大丈夫になったのだ。少し楽である。提供者のほうも、無駄が減った。ただ、すぐ隣にある似たようなモードについては、まったく知らない、という世界ができあがっている。本屋で本を選ぶと余計な本まで買ってしまうことがあるが、インターネット注文なら、そういうことが起こりにくい。それと同じ傾向である。

提供者も消費者も、おたがい無駄を省いて、楽なラインができあがった。

そのぶん、異様なはじけかたをすることがない。無駄のないラインは、間違った誘導をすることがない。

こうなると、消費は行動ではなく、ただのシステムになってしまっている。楽な取引ができるおかげで、小さい全能感が持てるようになった。そのぶんダイナミズムは捨て去られ、不思議な横断感覚がなくなっていく。平和が続けばいい、とおもう。この感覚だけで暮らしている男子は、あまり狩りにいくのに向いていない。

自分の興味ある分野にだけ精通していれば、隣接しているエリアの趣味についてはまったく無頓着であっていい。そもそも隣接しているのが、どういうエリアなのかさえ知らないし、興味もない。それが便利であり、無駄がない。とても効率がいいのだ。

僕たちの社会は、効率と引き替えに「若い男性の世間」を破壊していったのである。

祭りの形式が変わった

「なんだかわからないけれど街で流行っているもの」というものが見えなくなった。もちろんいまでもそういうものはあるが、人の欲望があまりに細分化され、どこにつながればいいのか、わかりにくくなった。

街がそういう発信をする意欲をなくし、若い男性は意味なく趣味を合わせていくことをやめた。世間が消え、情報誌が休刊となった。

おそらく「男子も参加したほうがいい大きな世間」が見当たらなくなってしまい、「世間を巻き込む意味のよくわからない流行」というものを必要としなくなったのだ。もちろんそれがなくなるわけではないが、質が違ってきた。可視化されみなで共有できる分野ではなくなった。「その分野のことを知らないとまずいのではないか」という気分が、00年代に入って、きれいになくなっていった。(それとおたくの増加はきれいにリンクしている。おたくには世間はない。)

「よくわからない流行に巻き込まれる」というのは、これは一種の祭りである。祭りがなければ社会はふつう維持できない。

祭りの形式が変わってきた、ということでもあるのだろう。ごくごくミニマムの祭りが連日おこなわれる。みなをすごく連帯させる大きな祭りは、だからナショナリズムと直結するしかなくなってくる。祭りへの希求がナショナリズムを高めていくばかりである。左翼的な祝祭の試みがうまくいかなくなったいま、どうしてもそうならざるをえない。

母性が社会の芯になった

雑誌はべつだんインターネットに負けてきたわけではないのだ。

世間とリンクできなくなって、撤退していったばかりである。

世間そのものが、きわめて小さくなり、ある意味、消えてしまったということでもある。気づいていなかったが、これは大きな消失である。00年代の底の抜ける大きな原因のひとつだろう。

「やさしさをまとった殲滅」は、こういう分野では効果的に展開する。

よりどころとなる「男の世間」がなくなり、若い男同士の共通感覚を持たないまま、いまの若者は育っていくしかない。豊かになった僕たちの社会の宿命でもある。

そういう社会では、母性が強い。

社会の中心に据えられるのは「母の持つ包容力」になる。ときに締めつけすぎて子供を窒息させかねない力を持つこともあるが、でも母性の包容が僕たちの社会の芯になっていく。それは同時に、広く世間を見つめることは求められず、小さく家庭に依拠するところに幸福を見いだすことになる。

母性の包容が、父性の管理を越えると、一瞬居心地がいいが、そのあと混沌を招きやすい。

家庭に依拠していても、女の世間は作れる。しかし男の世間は、家庭の論理では作れない。古来、そういうことになっている。

火事。祭り。隣村との争い。

この三つの処理が村の若衆の仕事である。そのときに有用に動けるように、若衆は徒党を組み訓練をする。そういうことを、僕たちの社会はおそろしく古い時代からやっていた。その若衆の世間が喪失していったのである。それは火事と祭りと争いに若い男性が駆り出されなくなった、ということでもある。20世紀100年をかけておこなった「都市化」がみごとに21世紀になって結実したのである。

若い男性の共通の場がなくなり、かれらは個々に居場所を作っている。ただ、大きく連帯することがない。大学のサークル内で言えば、同学年の同性とはとても仲良くなるが、上の学年や下の学年、および同期でも異性とは、さほど仲良くならない（具体的に言えば同学年同性以外の、メールアドレスを知らない。LINEでやりとりをしていない、ということになる）。つながりはあるが、おそろしく狭い。それは広い連帯というのを経験したことも見たこともなく、どうすればいいか、わからないからである。

何もかれらだけの責任ではない。世間は大人の男性から崩れていき、それが若者に伝わっていったにすぎない。

仕事人間から仕事を抜いたらどうなるのか、というのは、定年後のぱっとしないお父さんが身をもって示してくれているが、「仕事人間から仕事を抜くという作業を就職前の若者に施すとどうなるのか」というのがいまの若者たちの小さい世間にあらわれている。

クリアでソフィスティケイトされた社会では、若い男の居場所がなくなるのである。とても文化的で清潔で便利な「都市生活」では、男子の必要性がどんどんなくなることを、僕たちは知らなかった。すべてが機械化され、大きな動力が生まれ、列車が時速300キロで走り、高速道路が国の端々まで延ばされ、すべての川に橋が架かり、電話ひとつで大きな荷物をどこまでも運んでくれ、クリックすればあらゆる商品を家まで届けてくれる、しかも一般人は軍事に関わらなくていい社会では、若い男の役目はあまりないのである。便利になれば、男は要らない。数千年を超える暮らしにおいて、初めて僕たちはそのことを知ったのである。若い男の力が十全に発揮できる場所がない。

個々に小さく解体された者たちで作られる「便利な都市生活」では、余らせた男子の力をどうやって有効に活用すればいいのか、まだ見つけられていない。発電にでも使えればいいのであるが、その手立てがわからない。元気な女子をまぶしそうに眺めているくらいしか、やることがないのである。元気がないと言われても困る。

洗練された都市では、空が青く、建物が清潔で、そして男子はやることがないのだ。しかたがない。

第5章　「いい子」がブラック企業を判定する

「ブラック企業」と世代の断絶

『ブラック会社に勤めてるんだが、もう俺は限界かもしれない』という本が新潮社から出たのは２００８年の6月のことである。

もとは、インターネットの掲示板「2ちゃんねる」に書かれていた内容である。このスレッドの反響が大きく、話題になり、書籍化された。のちに小池徹平の主演で映画化もされた。『電車男』のケースととても似ている。似ているが、しかし内容には大きな差がある。それが２００４年と２００７年の社会状況の変化でもある。

ブラック会社。

ブラック企業と呼ばれることもある。

もとはインターネットから派生した俗語である。

この言葉が一般化しはじめたのはこの２００７年から２００８年にかけてのことだ。インターネットの、ということは、若者のスラングだった言葉が、ふつうに使われるようになっていったのだ。

ブラック会社とは、どういう会社なのか。

インターネット内で使われていたこの言葉は、俗語らしく、使う者と、そうでない者とのあいだにかなりの落差が存在する。それは00年代になって僕たちの社会が抱え込んでしまった〝見えない断裂〟でもある。

若者と、おじさんが同じ言葉をまったく違うようにとらえている、というのは、つまり世代の断絶である。そんなことは、太古の昔から続いていることだ。

ただ、僕たちの社会の問題点は、その断裂を両者があまり感じていない、というところにある。〝見えていない〟というポイントは、本人たちが無自覚であるぶん、大きな危険と脆さを抱え込んでいる。断裂した世界像の問題に、リアルに気がついている人たちがとても少ない。おじさん世代には危機感のかけらもなく、若者の世代は自分たちの説明を開示していないという点で、事態を悪化させていくばかりである。

昭和の語感では「悪」

初めて「ブラック企業」というスラングを聞いたのは、２００９年のことであった。最初、何を言ってるのか、よくわからなかった。言葉の意味は理解できるが（まあ、悪い会社だということは語感からわかる）、何を悪いと言ってるのか、わからなかった。

大学生が「単位が来る」と言ってたときの違和感に近い。

僕らのころ、昭和の昔は、大学の単位は「取る」ものであったが、90年代の半ばから「来る」ものになった（新書『若者殺しの時代』より）。取る、という言葉に完全に入れ替わったわけではなく、混在しているのであるが、80年代には「単位が来る」という表現は僕たちが学生だった世界には存在しなかった。すくなくとも僕の周辺にはなかった。それが、90年代半ばから「来る」ものになった。

世界の把握がまったく違う感じがする。つまりかれらの世界と、僕たちの世界と（僕たちが学生だったころに感じていた世界と）は、成り立ちからして違っている、ということである。

１９５０年代生まれの僕が「ブラック企業」と聞いて、まず浮かぶのは、公害企業である。

有害だと知っていながら工場廃液を河川に流し、その河川の水を生活用水として使っていた人たちに取り返しのつかないような被害を与える。許すべきポイントがどこにも感じられないような、実態も概念も「悪」であるような存在。それが昭和の側から見た〝ブラック企業〟である。

ないしは、地上げのために立ち退かない家に火を付けたり、トラックを突っ込ませたり、さんざんに痛めつけたうえで、高くない立ち退き料を払って立ち退かせる、そういう

「暴力を使って立ち退かせる作業をする会社」がブラックである。

つまり「ブラック」という限り、社会的な「犯罪」をやすやすと犯す会社のことをイメージしてしまう。会社ぐるみで犯罪を犯しており、その会社で働いているかぎりは、その犯罪の一端を担うことになる企業。それが、昭和中期に生まれた者としてのブラックという言葉に対する語感である。

若者にとっての「ブラック」

ちがうのだ。２００９年にこの説明をしたときの学生の反応は「それは悪です」というものだった。かれらは何も「善悪」について語っているわけではなかったのだ。「ブラック」について語っていた。つまり「白黒」である。

00年代後半に一般化していく「ブラック会社、ブラック企業」という言葉があらわしているのは、そういう「存在としての悪」ではない。

いろんな規定があるが、勝手にあっさりと言ってしまえば、

「残業代が支払われない会社」

のことになる。細かく言えば、

「残業を常に強制されるが、その残業代が払われないことが当然とされている職場」

のことになる（残業代については一例であるが一つの典型である）。その企業が、企業として社会的にどういう評価を得ているか、というのはまったく勘案しない。というよりも社会的に高評価を与えられている企業にも多く「ブラック会社がある」とされている。「社会的にホワイトであるけれど、社員にとっては働きがいのない会社」がブラック会社なのだ。

両者には、かなり大きな違いがある。

社会的には印象がよく好イメージのコマーシャルを流している企業であっても、賃金支払いに納得のいかない部分があれば、ブラック企業と呼ばれる。ということは、少々、社会的な悪行をおこなっていても、社員待遇のとても厚い会社はブラック企業とは呼ばれないのだ（そういう会社は実際にはあまり存在しないのだが、でも「碌《ろく》でもない会社だけど、ブラックじゃないよ」というような言いかたになる）。

社会的な悪かどうかはどうでもいい

いま「ブラック」と呼ばれる企業は、労働基準法などの法律に違反していることが多い。

つまり犯罪を犯している、と言える。少なくともグレーゾーンにある会社なのはたしかである。

ただ、この言葉の指す状況を見ているかぎり「犯罪を犯しているかどうか」はあと付けの理屈でしかない。労働法違反として、社会的な悪であることを説明することもあるが、問題になっているのはそこではないのだ。

ポイントは「働いている自分が大変」というところに尽きる。

落ち着いて考えてみれば、これは法律に違反してるんではないか、とおもえるのだが、そんなことを考える余裕もない時点で「ブラック企業」なのだ。つまり犯罪であるかどうか、社会的な悪であるかどうか、そんなことはとりあえずどうでもいいんである。「いま働いている自分がかなりむちゃくちゃな状況に置かれている」ということがブラックである判定基準になる。

『ブラック会社に勤めてるんだが、もう俺は限界かもしれない』という本を読めば、入社していきなり煮えたぎった坩堝《るつぼ》に放り込まれたような、無茶な現場にいることになるのはわかる（入社初日から過酷な残業があり、二週間でリーダーにされている）。

たしかに大変である。無茶でもある。

何の訓練も受けず、具体的な指示もされず、ロシア軍との激戦地の旅順の戦場でいきなり「このへんで適当に五人くらいでチームを組んであの堡塁《ほうるい》を二つ三つ落としてこい」と命令されるようなものである。無理である。方法がわからず、意味もわからない。そもそも世界がどのように構成されていて、何の意図でそのような指令が出ているかがわからない。でもやれ、と言われる。

「私の視点」の位置

問題なのは、何を信用していて、何が基盤になっているのか、というポイントである。それが昭和と平成で違ってきている。

若者の問題ではなく、また、おじさんの問題でもない。労働者の問題ではなく、経営者の問題でもない。

ブラックというのが公害企業ではなく、賃金支払い問題の企業である、ということを知ったときに何を驚いたのか、というと「私の視点」の位置である。

「自分や自分が関知するかぎりのまわりの社員の待遇がひどいから」という理由で、企業や会社そのものを「ブラック」であると認定する、その、私の視点の世界観である。そこに驚いたのである。

むかしの世代には、そんな権限は与えられてなかった。

「僕が働いている職場は酷い」と言う権利しか与えられてなかった。ほんとうはそうではないのだが、社会的な要請として、そういう権限しかないと信じていたのである。

「僕が働いている職場は酷いところだ」という発言と「私が働いている会社はブラック企業です」という発言では、指している内容は同じだけれど、発言者の権限が違う。

自分が見知できる範囲で酷いと判断したら、そこを含む全体を否定してもかまわないという権限は、むかしは想像の範囲外だったのである。もちろん、やろうとおもったらそういう発言はできただろうが、でも相手にされないと予想されるから、そういう発言はやめた。もっと聞いてもらえる言葉に換えたわけである。

かつてない過酷な世界

実際に、『ブラック会社に勤めてるんだが、もう俺は限界かもしれない』の会社は酷い。過酷すぎるとおもう。これがインターネットで話題になり、本になり、映画になったということは、ここまでではないにしても、じゅうぶん想像できる範囲に、こういう過酷さは存在する、ということだ。

これはまた20世紀の日本での会社の形態をはるかに離れてしまったということでもあるだろう。昭和のころの経営が大きく変えられていったのは、外圧によるものであり、日本方式は、汎用性がないという理由で、世界から却下されていったのである。

終身雇用と年功序列は70年代から攻撃されはじめ、80年代には徹底的に破壊する対象になった。よくわからないが、そういうものだろう、とおもっていた。ただ、それは明治以来、自国内産業を保護育成する方向に必死だったわが国の政府方針が、世界で認められなくなった、ということにすぎない。貧乏がいなくなったのなら、世界スタンダードでやれ、と言われて、受け入れざるをえなかっただけである。それが、かつてない過酷な世界を作ることになる。それは企業の末端に出てくるし、下請けの会社に出てくるし、大きな企業であっても過酷な部署を作り出すことになる。

それに対する対応も、方策も考えられていない。考えさせられるのは現場で働いている当人たち、という大変な状況である。

この状況の厳しさは尋常でないことがわかる。

判断基準は「私がわかる」

ただ、発言のしかたの問題である。

言ってしまえば、口の利き方の話でしかない。でも、口の利き方で、その人が大事にしているものがすべてわかってくる。

ラーメン店の調査でいろんなラーメンを食べたとき、その報告を聞いているときの気分にも似ている。

「いや、小滝橋の二郎は、まずいですよ」と断言する。

でも、僕は小滝橋の二郎に何度か行っているので、その発言を訂正できる。

「たしかに、ふつうの二郎とは違うな。ずいぶん、食べやすくなっている」

「でしょ、まずいですよね」

この差異に気づかない。ラーメンの味の問題は、その後のレポートにかかわってくるので、そこで直すことになる。

「まずい、ではないな、味が違ってるだけだ」

と指摘する。

まずい、と言ってしまったら、これまで一度も行ったことのない人を、まずいんだ、では行かないでおこう、とリードすることになる。それは一種のミスリードだから、そういう発言をしてはいけない、と言うと、困った顔になる。

語彙のなさでもあるし、自分の立場でしか発言してないことになる。

「高田馬場二郎に慣れた者にとっては、その刺激が物足りない、とか、そう言え」と説明して丁寧に解説していくと、とりあえず、小滝橋の二郎についてだけは、問題は解決される。でも別のところで似たような発言をする。

「王様のブランチ」という土曜午前中のテレビ番組は、書籍からテレビ、映画、グルメといろんなものを紹介して、人気が高い。あの、書籍のレポートのところで、ときどき聞くセリフがある。

「私にも書いてあることが全部わかりました！　とてもおもしろかったです！」

〃全部意味がわかる〃と〃おもしろい〃という方向性が、訂正されることなく是認されている。

ポイントは「私がわかる」というところである。

私がわかれば↓とてもいい存在。

善悪はそこで判断されている。判断するのは「私」である。

「ではその判断する私は正しいのかどうか」という知性の根本にかかわる疑問は提示されない。そんなことをすると、何も判断できなくなるからだ。

「自分が好きだから」↓「いいものである」という判断で、すべてを納得してしまう。また、まわりのその発言を認める。

「いい子」が自分の判断で世界を切る

「世界にひとつだけの花」という考えを圧倒的に支持すれば、「ひとつしかない自分の意見」が判断の基準となる。もちろん「おれは間違っているのだろうか」という疑問はいつも提示され、また、インターネットの掲示板でも示されることが多い。でもそれも、疑問を出す主体である自分の存在までも否定するわけではない。一方的な発言に不安はおぼえるのであるが、自分が疑問を持ったことに対してはそのまま疑問として進めるつもりでの発言である。

ただ、こういう発言をするように必死で育ててきたのは、上の世代である。個が個であることがとても大事である、という考えで育て、みごとに結実した、ということになる。

この世代の美点は、わざと対立していくことや、攻撃的になることをきれいに避けていくというところにある。とても「いい子」たちなのだ。そのかれらが、いい子であることの報酬として、「自分たちの判断で世界を切る」のは、それはしかたのないことのようにおもわれる。

本来は、そういう判断はどこかでつぶされるものだった。

若いころ、具体的に言えば、まだ社会的な分担の一部を担っていないころ、学生なり生徒であることは、そういう「自分がおかしいとおもうものは間違っている」という発言をしても大丈夫である。

でもそれは、社会との関わりが増えるにつれ、曲げざるをえない。社会が、きちんと個をつぶしていくので、個はうしろにまわっていく。それがかつておこなわれていた社会的な作業である。

でも、個をうしろにまわさなくても社会がまわるようになれば、それはそれで放置されるようになっていく。さほど問題にならないのなら、いちいち糺《ただ》されなくなっていく。その転換によって、大きな世代差ができている。できているのに、だれも問題にしていない。

そのポイントが「ブラック企業」という言葉にあらわれる。

立場が「私」からの糾弾になる。「公的な部分」は無視される。

ひとりひとりは弱い。社会から見れば弱者である。そのことを自覚している。だから自分を誇示しているわけではない。でも、自分が直接かかわる場所では、自分の居場所を確保してくれなければ、その存在を否定してもよい、という前提になってるようだ。否定される前に否定しないと自分が保てない、ということなのだとおもう。

「波風を立てず、迷惑をかけなければ」、好きなように生きていい、と教えられてきたからだ。働く場所であっても、その前提は譲らないのである。

ゆとり教育の無茶

00年代の話題のひとつに「ゆとり」があった。

すごく単純化した風景で言えば、ゆとり教育を受けたゆとり世代を、近い世代がやたらと揶揄していた、というのがすべてのようにおもえる。

ゆとり、という言葉が醸し出す雰囲気は、一種の天然ボケのような空気をまとってきて、まさにつっこんでくれ、と言わんばかりのネーミングであったから、やたらと揶揄された、ということだろう。〝厳選された良質のカリキュラム教育〟とでも名付けられていれば、風当たりもまた違ったものになっていたとおもう。ゆとり、というのは、かなり挑発的な名前だったということである。

ゆとり教育は、「画一的で詰め込み中心の教育を是正する」という方向で打ち立てられたものである。

ただ、教育とは強制である。強制されない教育などというものはこの地上には存在せず、また、ある型に嵌《は》める目的のない教育も存在しない。

だから「強制はする、型には嵌める、でも画一的ではなく詰め込みではない方向でやる」と決められたのだ。おそろしく細い道を通ろうとしたのだな、といまからだとおもう。そんな微妙なラインは通れないだろうというのは、あとからはわかるのである。だから狙いどおりにいかなかったのは仕方がない。

おそらく「強制はする、型に嵌める、でも」という部分を言語化しなかったためだろう。まあ、そんなことをわかりやすく開示すれば、事前につぶされる可能性が高くなるのはわかっている。プレゼンテーションの時点でそこを隠したというのは、わからないでもない。でも、それは企画じたいに無理があった、ということになる。

実際にそうだった。

この教育方法がすすむにつれ、画一的で詰め込む教育を忌避しようという動きは、ひとつ間違うと「教育的強制を緩めるとどうなるのか」という無謀な実験になるのではないか、という危惧を皆に抱かせてしまった。本当に弊害があるのかどうか検討される前に、危機感のほうが大きくなり、その不安感に煽られて、その不安をおさえるために葬られた、ということのようだ。人は長い時間、同じ不安の上に我慢して立っていられるものではない。

でも、こういう大仰なスローガンは、おそらく後で付け足されたものなのだとおもう。

現場での対応の問題だった、ということだろう。

簡単に言ってしまえば、べつだん、向学心に燃えていなくても、勉学があまり好きでなくても、大学まで行く人が増えてきた時代に、それまでの画一的方式では対応しきれなかったということにすぎない。だれもそういう身も蓋もない言い方をしなかっただけだ。

大学の意義は無駄にある

勉学が好きでなくても大学に進むというのは、つまりは社会が若い労働者をさほど欲していないということでもある。また、無駄に使うお金が潤沢に世間にまわっている、ということでもある。そもそも「人は大きくなったらすぐに働かないとやっていけない、学問なんざ、物好きか金持ちにまかしておけばいい」と考える人が少なくなったことによる。

「学問は、ほとんど無駄である」という認識をもった大人がおそろしく減ったのだろう。学歴が高いと、いい会社に入れて、いい生活ができる、という、かなり無茶な方向で大学教育を社会システムに組み込んだ戦後日本社会では、その社会の要請ゆえに教育システムが歪んでいった。誰が詰め込み教育を進めたかと言えば、それは社会の根強い要請によるものであった。

「大学で習ったことが、社会に出て何の役に立つのですか」という質問がストレートに悪びれずに出る時点で、かなり幸せな社会になったと喜ぶしかない。堯舜の世のようである。

「社会に直接役に立たないことを学ぶためにわざわざ大学というものは建学されたのだ。社会に役立ちたいならすぐに現場に行って、現場で覚えろ」とこれは昭和のむかしには何となく教えられていたことである。いやこれだって、そういうきちんとした言葉で言ってもらったわけではなく、おとなの端々のコメントから、自分でなんとか構築したセリフでしかない。

でも、いまはそういうセリフを構築するためのヒントさえ、与えられてないとおもう。大学なんて、そもそも無駄である、ときちんと言うべきである。

「ただ、無駄のなかから千に一つか万に一つ、おそろしく有効なものが生まれる。それは無駄の先にしか生まれない。だから無駄も少しは残しておかなければいけない」というのが、本来、大学教育に関してきちんと説明するべき言葉である。でも、しない。

なんて素敵な社会

落語家について先日、「それにしても、最近は落語ブームのせいか、大卒の入門希望者が増えたようです」という質問を受けた。立ちくらみしそうになった。が、もちこたえた。もちろんそれは落語ブームとは関係なく、わが国の若者の大学進学率が高くなったからにすぎない。

大学に進む若者が増えたのは、わが国の知的関心が高まったからではない。要は豊かになったから、である。明治のむかしから、大金持ちの子息は、その知的レベルとは関係なく大学まで進んだ。それが国民全体に広まったにすぎない。

50年前のわが社会は、やはりいまほど豊かではなかったから、大学進学率は10%くらいだった。10人に1人が20歳を超えても働かなかった。つまり昭和二十年代、20歳の若者の9割は働いていたのである。脈絡なくおもいだしたので脈絡なく書いておくと、昭和二十年当時、日本の火葬の割合はまだ5割少々だった。残りは土葬だった。どうでもいいけど、いまとあまりに違う世界だということをおもいだしたので。

00年代に入っても、大学の進学率はまだ伸びていて、近年は50%を超えている。つまり、若者の半分以上が20歳になっても働かないわけである。兵隊にも行かない。なんとも平和で素敵な社会である。

でも20歳の成年男子がぶらぶらしていても怒られないなんてすごく素敵な社会じゃないか、なんて、誰もこんなことには感心しない。そこがまたわが国の素敵な特徴のひとつなんだとおもう。

ゆとり世代という世代区分

ゆとり教育、という不思議な言葉で紹介される教育メソッドが00年代に再三、話題になっていたのは、「大学進学する人が50％を超えた」という、明治人が聞いたら驚いてひっくり返りそうな事態と大きく関わっているのだ。

ゆとり教育、特に話題となったかなり軽めのカリキュラムが導入されたのは２００２年である。だいたい10年ほど実施されたことになる。他の世代に比べて、「詰め込まれていない」教育を受けたことになるのだが、それは他世代から「詰め込まれてない＝何か足りない」というイメージをすり込まれるだけであった。本当に足りないのかどうかは問題にされていない。かれらは特殊世代である、と呼ばれているばかりである。

ただ、いまの日本では、「昭和ヒトケタ生まれとフタケタ生まれの世代の差」ということがさほど話題にならないように（戦争体験を何歳でしているか、という世代区分であった）、おそらく何十年かののちに、まったく問題にならなくなるとおもう。「ゆとり、ああ、懐かしいねえ」と言われて終わりだろう。でも00年代にはおもしろがられた区分であったことはたしかである。

大事なのは個性よりも同調

ゆとり教育をまじめに推進していた現場の人たちは、おそらく「生徒それぞれに見合った教育」という理念を持っていたのかもしれない。でも、それは夢物語である。教育を支える僕たちの社会が、画一的であることを否定せず、推進しているのに、こと教育現場でだけ個性を尊重できるわけがない。

「私も夫も英語をまったく話せないが、でも子供は英語がよく喋れるように育てたい」と考えている親と同じである。無理だ。英語を魔法に変えてみればいい。「私も夫も魔法をまったく使えないが、子供だけは魔法をよく使えるように育てたい」。無理です。まず、自分から始めてください。

僕たちの社会は、とても同調圧力の高い社会であり、それは誰の強制によるものでもなく、構成員全員で納得して、ただ目配せをして、同調しているばかりである。同調しないものは無言で排除されていく。そういう特徴を持っている。

その場にいるみんなが同じ意見になることが大事な社会では、目立つことによって利益を得ることは難しいために、個性よりも同調を強要してくる。その社会の中の教育機関だけが、個性を伸ばすことができるはずはない。社会構成員の本音を言えば、そんな教育をやられてはたまらない。

理念や理想を掲げるのはいいが、実際には、教育は常に強制的に鋳型に嵌めていく作業を繰り返すしかない。その矛盾をきちんと自覚した教師が一定数いればいいのだが、いなければ（いても発言権がなければ）現場はただ混乱するばかりである。

「のびのび個性」と言いつつ、「みんなに合わせろ」とどちらも言葉にしてしまうと、まじめな生徒であるほど思考停止してしまい、行動できなくなる。理想を口にするが、実際にはそれと矛盾する現実を強制することによって、人は簡単にスポイルできる。教育によって人を壊すのは簡単である。だからこそ丁寧に細かくやるしかないのである。

大人社会において公然といじめがおこなわれているかぎり、若者や子供たちがいじめをやめることはない。問題なのは大人社会において、平然といじめをおこなってる人たちに「いじめをしている」という自覚がないところにある。同調圧力により簡単に同調できるようになることと、横並び状態で誰かをやんわりと排除していくという動きは表裏一体であって、どちらかだけをやめることはむずかしい。

とりあえず、そういう矛盾した動きが起こりやすい社会にいるのだ、と考えて、対処してゆくしかない。

00年代の日本人の気質

大学進学率が50％を超えたということと、とりあえずゆとり教育を是として進め、その教育を受けた一団が存在したことは00年代のひとつの特徴である。

空の彼方から、その状態を眺めれば、ずいぶんと平和で幸せそうなのであるが、残念ながらその幸福感を実感できる日本人はほとんどいない。どちらかというと行き詰まり感を抱いてる人のほうが多い。あっさり言ってしまえば「こんな感じの幸福感なら要らないです」ということになってしまう。つまりは「日本人から徹底して貧乏を追い出し、みんなでやや小金持ちな人たちばかりになる」というのが、どこか嫌なのだ。嫌ならしかたがない。そこから降りていくしかない。

無駄をどれだけ受け入れられるかというのが、学問を育てる度量である。そういう度量の広い社会と狭い社会があって、00年代は狭くするのが流行った。学問世界を経済的見地から簡単に切って捨てようという動きに出た。そこに00年代の日本人の気質がきちんと反映されている。民主党政権は、そういう国民的希望の先にうまれた「行き詰まりを生み続ける」存在だった。いまとなっては「笑えない笑い話」のようにおもえてくる。

こんなことを勉強して社会に出て何か役に立つのか、という学生の疑問と、二番じゃいけないんですか、という切り口上は、つまりは根が同じだということだ。

なんだか息苦しい

わりとのんきな気分で始まった2000年代であったが、半分を越えたあたりから、何だか空気が少なくなっている気がした。そんなふうに感じなければよかったのだけれど、誰かがそう言ったのである。まるで、地下634メートルの炭鉱の底に閉じ込められ、救出を待っているような気分になってしまった。小さく息をしろ、と誰かが言ったのだ。大きな呼吸がしにくくなった。

2004年の『電車男』では、インターネットの掲示板を通して、会話が成立していた。

電車男がいろんな相談を持ちかけ、みんながそれに答え、電車男はそのアドバイスに従って恋を成就させていった。

2007年の『ブラック会社に勤めているだが、もうおれは限界かもしれない』には、そういう意味での会話がない。ただ、一人の男が勤務初日からの展開を時間通りに報告しているだけである。もちろんその過酷な状況とスリリングな展開からは目が離せないが、でも周囲のアドバイスによってかれが変わっていくわけではない。会話はない。経過報告だけである。

かように「2ちゃんねるから発生する物語」にも、04年と07年で変質が見られる。それは僕たちの社会を覆う空気の違いでもあった。

みんな、できる限り、一人ずつに分けられる。それぞれの物語を持て、と言われる。「それが個性だ」とも教えられた。

でも、そんなにいつも語れるほどの人生を歩むわけにはいかない。みながナポレオン・ボナパルトや、シャルル・モーリス・ド・タレーランのような人生を歩んでいるわけではない。でも、物語を背負わなければいけないのだ。ふと、背中に貼りついた薄っぺらな自分の物語を見てしまうと、ただみじめな気分になるばかりである。

どうしてこうなったのか、わからない。でも、こうなってしまったのだ。どこかの角で曲がるのを間違っただけのような気がするのだが、もうそれがどの角だったのか、わからなくなってしまった。そうやって00年代の後半は沈んだ空気で展開していく。

第6章　隠蔽された暴力のゆくえ

ママンを心配させない若者

七人の弟子を持つ落語家が、あるときしみじみと言っていた。

「近ごろの子は、みんな、いい子だねえ」

もちろん、あきれて言っているのだ。いい子じゃ芸人を続けられねえぞ、という軽い恫喝も入っている。子、というのは弟子入りした若者たちのことだから、二十歳前から二十代半ばくらいまでを指す。

かれらは、あきれるくらいに、いい子なのである。

長年、大学生と一緒に遊んでいると、その言葉の意味もよくわかる。たしかに、いい子である。

反抗しない。衝突しない。上からの指示には比較的すなおに従う。付け加えると、だから、上から指示を出すのがあまり得意ではない。

ある程度の人数を一定の方向に動かすということは、常に暴力性を秘めていて、暴力が露出するところである。政治とは、端的に言えば、暴力を統御する作業を指す。

そういうポイントには非常に敏感に反応して、きれいに避ける。こういう子たちをだれが誉めるかというと、子供のことをすごく心配して見守るやさしい母親である。ママンの受けがすごくいい。そういう子たちが集まって塊をつくっている。おそらく、それは僕たちの社会ががんばって作りあげてきたことであり、がんばって大事にしてきたポイントなのである。

ママンに大事にされ、ママンを心配させない若者で満ちあふれている。空は高く、太陽はやさしく輝き、世界は平和である。ママンの役目は包むことである。

父性の役目は「切る」ことにある。父親の存在の意味は、無言の暴力性に存している。理不尽な暴力や激しい略奪から家族を守る、のが父親の役目である。暴力に対する制御と訓練をするのが、若者の仕事でもある。

若者の現場から「目に見える暴力性」がどんどん抜かれていっている。「目に見える暴力性」というところがポイントだ。これはママンがとてもいやがるからだ。

若さは暴力的なもの

若者から暴力そのものを抜ききることは不可能である。若さは暴力的なものである。性的なものの周辺に常に暴力は漂っている。性的なものに興味があるかぎり、なんぴとも暴力性からは逃れられない。

世間からはきれいに暴力性が排除されている。

死に近づくことは、ママンが禁止する。それはそうだろう。ママンの役目はそれで正しい。

ただ、それは父性とカップリングされていて、初めて有効であった。

ときに死に近づく位置に自ら立って、何かを守る。というのは父の役割であり、そこから家族内での暴力起動装置としての位置が決められていた。起動装置である。常に暴力的であるわけではない。家庭内暴力をふるう男は、暴力へのアクセス方法をきちんと学ばなかったのである。暴力を制御して穏やかさを保つことができず、その弱さの裏返しとして暴力を発動しているだけである。

暴力が剝き出しだったころ

かつて、僕たちの社会では、暴力が剝き出しであった。

20世紀に入る少し前から戦争ばかりを繰り返していて、そのまま20世紀の半分を迎えた。

1940年代は、社会はまだ暴力そのものだった。政府機関がそうであり、男性市民はすべて暴力装置である軍隊に召集され、暴力訓練を受けた。戦争が始まれば戦場に駆り出されて、常に死ぬ可能性を秘めていた。そういう状態ですべての成人男性が生きていたのである。社会は暴力的である。この世代が1960年代までは社会の現役だったわけである。

ちなみに、身分差に関係なくすべての成人男子が徴兵されるため（身体的な差異によって徴兵されない者もあったが、これは大きなコンプレックスになっていた）、1920年代には、成人男子にかぎり、つまり戦場で死ぬ可能性を常に秘めてる者だけにかぎり選挙権が与えられた。婦人選挙権が与えられるのは、僕たちの社会から軍隊が消え去り、成人男子も女子も徴兵の可能性がなくなった1940年代の後半になってからである。選挙権と徴兵制は基本、リンクしている。

1950年代から1960年代にかけて、僕たちの社会はきわめて暴力性をわかりやすく開示していた。

軍隊的な訓練がいろんな部分で継続的に展開されていた。運動部の練習で水を飲ませない、というのは、これは軍隊の訓練である。暴力的集団は、少々落ちこぼれるものがあっても、その集団じたいの能力を高める訓練を続ける。何人か死ぬことがあっても、集団じたいの能力が高まれば、集団の存続にとってより有効である、という考え方だ。これはこれで有用な場面もあったのだろう。そういう気分が60年代までには確かにこの社会にもあった。

60年代後半の学生運動は、若者の暴力性がみごとに結実した世界であった。さほど政治的な関心のない者までも巻き込む力があった。言いかたを換えれば、若者たちによる祝祭でしかなかったわけである。「上の世代は戦争の話ばっかりするがおれたちはそれに参加していないから、おもしろくねえ」というおもいで、別の祝祭を展開したに過ぎない。

70年代に、その暴力性が静まっていく。

70年代の半ばに、差別用語がテレビから消えていったのが、印象的だった。

わかりやすい暴力性が隠されるようになった。

ただ、隠されるようになっただけである。暴力は消えずに、内に籠もるばかりである。

ママンの論理

暴力はなくならない。暴力的な気分も満ちているばかりである。

しかし、それを表面に出せなくなった。

暴力的なことが見えにくくなった。

強く母性の支配する時代に入った。

母性はもともと広くあまねく存在していたのであるが、それを父性が押さえていた時代が長かったのである。父性を誰も保証してくれなくなると、見事に消えていった。父性が消えたため、母性だけが強く社会規範になったにすぎない。

ママンの判断が社会の判断とリンクしていく。ママンが社会を覆っていく。

ママンは正しい。家庭内の小さい社会ではママンが正しい。

小さい決断は母が行い、大きな決断は父が行う。大きいか小さいかは母が決める。これが、家庭がうまくまわるひとつのモデルである。

子供を持った母は「何があっても我が子を守る」ということを唯一の規範として行動する。正しい。家庭として正しいし、母として正しく、子供にとって正しい。子供が過ちを犯して社会的制裁を加えられようとしているときにでも子供を守る立場に立つのが母としてどこまでも正しい。

ただ、母の立場が社会の気分と合致しないときは、本来は、父の出番である。母が内で子供を守り、父は外に出て行って社会的な対応をする。戦うなら戦う。それが分担である。

しかし父性や父が潜在的に持つ暴力性を社会が認めなくなったら、ママンの論理でやっていくしかない。ただ、ママンの気分で、社会と戦っても妥協点はない。もとより立っている立場が違うため、すりあわせるということが不可能だからだ。対立するしかない。

ママンの展開は、戦いには向かない。

ママンの論理では争いごとで陣地を広げることができない。広げる意志がないからだ。となると、戦わないほうがいい。論理は組み立てない。論争もしない。感情を出すことはあるが、受け入れられないなら衝突を避け、争いにならないようにすればいい。それを守れる「ママンの子」たちが、渡っていける世間がある。ママンの言いつけを守れば、とりあえず大丈夫だという世界が広がっている。

若者にとって、マッチョな暴力をどこで発すればいいのか、示されてない。

おおらかな喫煙風景

かつて、東京ディズニーランド内は、野外は喫煙がどこでも可、であった。アトラクションに乗るといまでも「アトラクション内では喫煙はご遠慮ください」とアナウンスされ、ほとんど意味がわからないが（アトラクション内で喫煙しようとしてる人はここ三十年、一度だって見たことがない）、あれはかつてアトラクション以外では喫煙が可能だったからなのだ。灰皿が設置されていないところで吸ってもよかった。煙草はどこで吸えばいいですか、と、僕はいちどトゥモローランド内で掃除をしてる人に聞いたおぼえがあるが（たぶん1996年だったとおもう）、どこでもどうぞ、とはっきり言われた。吸い殻はそこに落としてもらえれば片付けます、とまで言われた。いまとなるととても信じられない風景である。

喫煙風景つながりでおもいだしたのは、１９７０年代の映画館内は「禁煙」と明示されてはいたが、でも映画を見ながら煙草を吸うのはふつうのことであった。少なくとも僕が行っていた京都の映画館はそうだった。「ロッキー」も「明日に向って撃て！」も「スティング」も「チザム」も「みどりの壁」も、どの映画を見ているときでも、客席のどこかから煙草の火がぼやっと点滅しているものであった。それはそういうものだとおもっていた。マナー違反であるが、あまり守られる空間ではなかった、ということだ。

煙草というのは、副流煙だの健康に害だのニコチンだのという部分を攻撃されるが、そのへんはきわめて副次的な部分であって、「個人が火をコントロールしている」というポイントだけが大事である。火を扱っているという点できわめて暴力性を秘めているのだ。70年代も90年代も、そういう暴力性の跋扈を見逃してくれていた、ということである。

煙草の排除

00年代に入り煙草は徹底的に排除されだした。

副流煙だの健康だのという部分はやはり二次的な問題で、だから「個人が火を扱っている」ポイントが排除の理由である。クリーンでソフィスティケートされた空間では、つまり清潔で洗練された都市空間に「火」を持ち込まれては困るのだ。火には人が制御できない圧倒的な力が込められている。

いまのディズニーランドは、かつてスタッフが使う場所だった「裏側」の部屋が喫煙場所として指定され始めた。

見えない場所で吸え、ということになっている。

つまり、火の暴力は、見えない場所へと追いやられたのである。

暴力は、どんどん隠蔽されていく。

若者は自分たちの内部にある暴力性を、どこで開示すればいいか、わからない。だめだ、という場所だけが広がっていくばかりである。

性的なものは、だいたい暴力性に満ちているので、その場所に近づく者も減っていくことになる。

大学生になってもプラトニックな付き合いをしている男女がいて、話を聞いていると、ときどき立ちくらみしそうになる（でもおもいだしてみれば、これは僕たちのころにもいた。数の差だけかもしれない）。

暴力は排除してもなくならない

先輩が後輩を引き連れて出歩かない。

先輩が後輩を引き連れて、どこかで遊ぶ、という世界には、少し暴力性が忍び込んでいるからだ。そういうことさえも、きちんと避けられる。少なくともそういう縦関係について訓練を受けたことのある一部の若者しか動かない。

暴力が避けられるだけではなく、暴力性を秘めている動き全般が、自重される。意識不明になるほど酩酊する、酩酊して徒党を組んで暴れる、野外で放歌高吟する、気持ち悪くなるまで煙草を吸う、そういうことはすべて避けるように指示される。軽い暴力も事前に止められる。運動部の暴力的訓練ももちろん許されない。目に見える暴力だけきれいに刈り取られていく。ママンは安心する。ただ、不安が拡大していく。口に出されない不満が渦巻きだす。不満は持っているが、ママンが圧する力を超えるつもりはない。だから「分量も味もひたすら暴力的である」ラーメン二郎系の食べ物に異様な人気が集まったりする。これぐらいの暴力性はまだ許してもらえる。あまり人に迷惑をかけないからである。

おとなが見ると平穏無事そのものの社会なのに、見えないところで不満がたまっていくことになる。

見える暴力は徹底的に排除されるが、暴力そのものは潜行していく。そこに不透明さが高まっていく。

暴力は「死」を連想させるから、ママンは排除する。しかし、死そのものを排除できるわけではない。神様にならないとそれは無理だ。その無理筋の展開を、正しいこととして覆ってくるので、息が苦しくなる。

ただ、暴力をすべて排除することはできない。潜行する。たとえばインターネット上は、一種の暴力のやりとりになっていく。

人の交流の場としてもうけられた場所が、人が人をチェックする場所へと変貌していく。人を制しようとするし、人の上に立とうとする。画面上でどれぐらい暴力性を感じさせられるかが競われだす。

暴力が潜行したあげくに、再び大きな暴力装置として世に出てくると、ママンの論理は無力である。往々にして、ママンの論理は圧倒的な暴力装置の前では、礼賛にかわっていってしまう。歴史を見るかぎりはそうである。

インターネット世界に潜行

インターネット世界では匿名性が高い。

一義的には自分が誰なのかを明らかにせずに、いくつかの場所へ参加できる。

仮想空間が作られ、現実世界ではまず言葉を交わす機会のない者たちが同じ空間で会話できる。

善意を前提にしていれば、とても善き世界である。

ただ、暴力は、破壊を意図せずとも、ただの一言で世界を変える力がある。

悪意を持って、会話だけの世界を切り裂けば、ほとばしるように暴力をみんなが浴びるようになる。

インターネット世界での言葉だけのやりとりが、暴力を潜行させる場所となった。

やがてその暴力は、切り裂くように現実世界に跳ね返ってくる。

ヘリの数で変事に気づく

2008年の6月8日、日曜日。

この日の午前中、僕はいつもどおり上野鈴本演芸場で若手の落語会（早朝寄席）を聞いた。二ツ目に昇進したばかりの柳家喬の字の「短命」を聞き終わり、神保町の書店に出た。資料本を探したが見つからず、淡路町から池袋へ向かおうとした。

丸ノ内線淡路町駅の入り口に入ろうとしたとき、上空のヘリコプターに気づいた。

やたらと飛んでいる。数機、飛んでいた。北の方角である。数機のヘリが、ある一点で旋回している。8台のヘリが飛んでいた。都市の上空でヘリコプターが固まって旋回しているのは、事故か事件である。僕は火事だろうと推測した。それにしても、ヘリの数が尋常ではない。かなり大きな火事だ。歩くとおそらく20分くらいで現場へ着けるだろう、とヘリが旋回しているエリアに向かって歩き出した。東京で空を見て暮らしていると、ヘリの数で変事に気づく。

近づくにつれ、何台ものパトカーや救急車とすれ違う。途中から火事の匂いに気をつけながら近づいていった。東京の都心部では、角を曲がるまで火事現場がわからない、ということも多い。近づいていっても、火の匂いがしない。煙も火も見えなかった。

いつもパソコンに向かっていそうな学生数人にメールを送った。淡路町から秋葉原にかけて、何か大きな火事か事件が起こってるとおもうのだけれど、ネット上で何か情報は出てないか。

「何も出てません」という複数の返信が返ってきた。

秋葉原の街に入ったころ、一人、情報を拾ってきた。

「トラックで突っ込んだ暴力団員がいて、そのあと暴れているらしいです、そうネットで出てます」というものだった。「犯人は捕まっているのか」と聞いたが、そこまではわからないという。

昌平橋を渡って秋葉原エリアにたどりつくと、歩行者天国の中、ふつうに人々は歩いていた。みんな買い物をしたり、コスプレ姿でチラシを配っていたり、ぱっと見たところ、平穏である。あまり大きな事件ではないのか、とおもった。ただ、何か空気は違う。

事件の中心はここではないのだろう、と人混みの中を駅方向に進むと、突然、封鎖されている現場が現れた。

中央通りと神田明神通りの交差点である。

広い通りが封鎖され、歩道は人だかりになっている。路上では警察官やら鑑識の人たちが黙々と作業をしている。交差点角にタクシーが一台、少し奥まったところにニッポンレンタカーのトラックが一台、放置されている。何か大変なことが起こった現場なのだということはわかった。

そのころにやっと、事件についてのいくつかの情報が入ってきた。

２００８年の秋葉原事件

秋葉原無差別殺傷事件の現場である。

事件が起こったのは12時30分すぎ。僕がヘリに気づいたのが13時すぎで、何が起こってるかわからずに、現場に到着したのは13時20分ごろだったとおもう。

仕切られた歩道の前のほうで現場を見ていると、マスコミ関係者が次々と「事件を最初から見てましたか」「事件を目撃してましたか」と声をかけてきた。つまり第一報が新聞社やテレビ局に入って、急ぎ記者たちが現場に駆けつけたのとだいたい同じ時刻に僕は着いていたのである。

放置されたトラックが、犯人の運転していたものだと、やがて気づいた。フロントガラスにひびが入り、前面が壊れている。ナンバープレートには段ボールが巻き付けてあった。

現場には、いろんなものが散乱している。被害者の人たちはすでにみな運ばれたあとであるが、異様な空気に包まれていた。事件の現場では全容はわかりにくい。何も整理されておらず、ただ開示されているだけだ。

この衝撃的な事件の現場を見たということもあって、その後、この事件の推移や背景について、しばらく追っていった。

大きく取り上げられたのは、犯人が「派遣切り」にあっていた、という部分である。また、携帯サイトに犯行予告を書いていたこと、そのサイトには犯行に及ぶ心情が細かに書かれていたことが大きく話題になった。「格差社会における派遣社員という弱者」「不細工で友達も彼女もいないというリア充・勝ち組に対して恨みを持つ弱者」というポイントで、報じられていた。
ただ、この二つのポイントは、実は作為的な虚偽であったことがのちになってわかる。00年代後半を象徴する事件である。

加害者の立場を空想してみる

どこまでも個人的な話なのだけれど、世間から注目を集める犯罪があると、僕は、あくまで個人的な心情として、犯罪者の視点を取ろうとする。試みるだけであって、本当にその立場が取れるわけではない。しかし、被害者の視点から犯罪を見ていても、ただ怖いだけなので、加害者の立場を空想してみる。そのほうが楽な気がしてしまうのだ。どの事件を見てもたぶんにそういう傾向がある。後輩にもそういう連中が多いようにおもう。

きちんとした社会人になる後輩に（きちんと会社勤めが決まった後輩に）、よく言うのは「おまえは、自分が犯罪者になるかもしれない、と考えたことがあるだろう。おれたちの周りにはそんな連中が多い。ところが社会に出ると、ほとんどの人は自分は犯罪者になんか絶対にならないと考えている。そう考える人たちによって社会は動かされている。きみがこれから働く場所はそういうところだ。そういう人たちに囲まれて働くことになる。自分が犯罪者になる可能性があると考えていることは、ばれないようにして生きろ」という内容である。なぜかそういうことを訓示して、ぽんぽんとお尻を叩いて社会に送り出しているという感じである。

なぜ、そうなのかはわからない。自分が犯罪者になるかもしれないと考えているか考えていないかは、これはべつだん、そのことを話題にしたわけではない。ただ、しばらく一緒にいれば何となくわかる。喋っていれば直観的にわかる。直観はそういうことをわかるために備わっているものだから。

ただこれは、視点の取り方の問題であって、本当に犯罪者の心理がリアルにわかるわけではない。怖い事件だった、で簡単に済ませないための方策でしかない。また簡単に捉えてる人より、深く事件を考えられると決まったわけではない。捉えられるときもあるけれど、同じようなレベルのこともある。

若者の怒りが暴発したという解釈

秋葉原事件は、当初、社会的な事件として大きく扱われた。

ロストジェネレーション世代の犯罪だとされた。ロストジェネレーションというのは、このころの若者を指していた言葉である（かなり勘違いしている呼称だとおもう）。

就職氷河期と、それに続く「非正規雇用＝派遣社員の悲哀」について多く語られ、社会的地位を与えられない若者は怒っている、それがついに秋葉原で暴発したのだ、と説かれた。下世話な言い方をすれば「それみたことか」「さんざん注意していたじゃないか」という、そういう言説が出まわっていた。

「氷河期と孤独で増幅する憎しみ」「ロスジェネの怨みが暴発」というようなタイトルが、当時、もっとも広まっていた秋葉原事件の解釈を示している。

また、同世代の若者たちが、犯罪そのものは認められないが、気持ちとしてはわかる、という理解を示していた。この心情がどこまでの若者に共感されていたのか定かではないが、マスコミはそういう言葉を積極的に拾っていた。加害者を神扱いしてるインターネット掲示板のことも、犯罪直後に週刊誌で報じられていた（「ネットで「神」と崇められる「アキバ通り魔」」週刊新潮、２００８年６月26日号）。

また若者の視点から社会を語る論客たちによっても、繰り返し似たような発言がおこなわれる。

「この犯罪は決して許されるものではないが、この加害者の心情はよくわかる、若者にも同意している者が多い」という論調である。事件から数年経って、あらためて事件直後の雑誌記事をまとめて読んでいると、すべて同一トーンで書かれているところに驚いてしまう。僕らの社会の大きな特徴であるが、それにしても、毎回驚かされる。マスコミはおそらくふつうの人たちの反応をひたすらすくいあげ、そのために動物的な反応しかできなくなるのであろう。

00年代的な事件

ところが。

裁判が始まり、加害者の供述が始まると、事件直後に言われていた設定は覆されていく。

犯人は、べつだん派遣社員である不満によって犯罪に走ったわけではない、と明言する。

また、「ブサイクでモテなかった」というのも、一種の演技だったと言い始める。もちろん彼はモテていたわけではないが、ブサイクというのはインターネット上で（携帯サイト上で）の受けを狙ってのキャラ作りだったという。実際、その後の発言や、丁寧な取材によって（中島岳志『秋葉原事件』朝日新聞出版）、かれはイメージされていたほど孤立していたわけでもなく、孤独でもなく、また人づき合いが下手なわけでもなかったことが明らかになっていく。

事件を起こすポイントは、直後にさんざん指摘されていたところにはなかった。

これによって人が受け入れやすい文脈では語れない事件となった。

この事件が00年代を象徴しているのは、「事件直後のわかりやすい反応と、その後の事件中核部分の受容拒否」というところによくあらわれている。

80年代の宮崎勤事件、90年代の酒鬼薔薇事件、01年の附属池田小事件と比べ、事件当初の衝撃は劣らぬほど大きかったが、しかし、事件の背景が知られるにつれて、人々の意識からは大きな事件として認識されなくなった。そのポイントが00年代的なのだ。社会は細分化され、若者も個別に存在し、すべてを揺り動かすものは出現しにくくなっていたのだ。

名指しできない苦しさ

秋葉原のこの事件は、あとから見ると「ひたすら何か大きな事件を起こす」ことだけが目的だったことになる。きわめて個人的な動機による身勝手な犯罪である。

しかし事件直後は、若者の怒りの発露だとして捉えられていた。そのことから当時の状況がよくわかる。

誰かがそういう文脈で暴力をふるうことが、残念ながら、期待されていたのである。残念であるが、そうだとしか言いようがない。社会を構成している中年層は、00年代の後半

「若者は怒りを爆発させるのではないか」と考えていたということだ。若者は、そういう期待があることは察知していたが、動いてないし、動かない。止まって「見《けん》」の状態であった。

その構造の提示は「若者と社会の対立、という理解しやすい図解を望んでいた層による〝釣り〟だった」とも言える。いまの若者の状況を訴える手がかりとされたが、広まらなかった。

00年代、若者は現状に満足していたわけではない。

かなり嫌な感じを抱いていた。

ただ、それはかれらだけが抱いていたというわけではない。社会の空気であった。そういう空気がどんよりと僕らを包んでいた。

若者は不満を抱いていた。でもそれは、大人が期待するようなわかりやすい不満ではなかった。

何が足りないのか、何が欲しいのか、それを名指しできなかったのが、苦しいのである。

そういう状態でわかりやすい図式を提示するのは「それにうかうかと乗っかってしまう若者」をあぶりだすだけになってしまう。「釣り」だというのはそこを指している。

そもそも、何かを欲しがっていたのか、という確証もない。何か欲しいものがあるはずだ、と強圧的に言われるから、そうだろうな、と考えていたばかりである。いい子たちだから。何も欲してないのに探したところで、何かが出てくるはずもない。

「安定した仕事が欲しいはずだ」と社会から言われるとその気になるが、それは社会が与えようとして与えられてないもの、でしかない。べつだん、若者が究極に欲しいものではない。仕事が欲しいかと言われれば、仕事は欲しいが、でも、上の世代が切実におもっていたほどのレベルで欲しがっているわけではない。その問題でもある。

インターネットと暴力の事件だった

秋葉原の事件があきらかにしたのは「対立してもいないのに、対立している構造を望んでいる状況」である。

かつては、対立とかアウフヘーベンとか、いわば19世紀的な亡霊によってまだ活性化できる社会があった。でもそんなことはとっくの昔に通用しなくなっていた。20世紀半ばにはもう古くなっていたテーゼなのである。でも、魅力的なテーゼであるから、それにまだ引きずられている人がいる、ということだろう。ほんらいは僕たちの社会は「強くて金持ち」のふりをしなければいけないような立場になっていたのである。そうおもえなくても「おもってるふりをする訓練」くらいは、やっておいたほうがいいとおもう。

いろんなものを投げ捨て、振り捨て、強くてつぶしにくい社会を作ってしまったのだ。それでも社会を活性化するため対立が欲しいと言われても、どうしようもできないのである。

ただ、「ネット上での揉め事は、それによって精神を痛めつけられると、現実世界での暴力へと跳ね返ってくる」ということは覚えておいたほうがいい。秋葉原事件は、世代の問題ではなく、若者の問題でもなかった。インターネットと暴力の事件であった。

朝日新聞の不思議な宣言

この事件前後にさかんに振りかざされた言葉に「ロストジェネレーション」というものがあった。

どんなにちっぽけな軍隊にも旗は必要なのはわかる。でも、もう少しまともなセンスを持ってる者に選ばせたほうがいいとおもう。

好景気が終了して、就職氷河期に就職時期があたり、いろんな部分でワリを食ってる世代、というあたりをロストジェネレーションと呼んでいた。

2007年1月1日の朝日新聞朝刊一面に「さまよう2000万人　ロストジェネレーション　25～35歳」という記事が載った。よりによって元日の、よりによって一面である。

「バブル崩壊を少年期に迎え、「失われた10年」に大人になった若者たち」「時代の波頭に立ち、新しい生き方を求めて、さまよえる世代」「ロストジェネレーション。米国で第1次大戦後に青年期を迎え、既存の価値観を拒否した世代の呼び名に倣って、彼らをこう呼びたい」

と高らかに宣言している。

不思議な宣言である。正月の朝の寝ぼけてよく働かない頭にはぴったりだったのかもしれない。

残念ながら詐称にしか見えない。

ただ、それを言えば、〝就職氷河期〟という言葉もひどい言葉だとおもう。比喩に使われた「氷河」のほうが気の毒である。〝冷えている〟ことを表そうとして〝氷河〟を持ちだすのはあまり質のいい冗談ではない。何かあると世界の滅亡と直結させてしまうライトノベルの感覚と変わらない。少年はそれでいいが、大人はもう少し落ち着いてもらいたいものだ、とおもう。

かれらは就職がおもいどおりにならない世代だったのだ。それは確かに気の毒である。ただ、それを「損をしている」というポイントで声高に叫んでも、何も得をしない。生き残り戦略としてとてもまずい。そもそもそんなことでは、誰も本気で同情はしてくれない。表面では同情を装っていても、振り返った瞬間にそんな連中のことは忘れてしまう。現実社会が忙しいから。弱者の立場を声高に宣言すれば、得をするかもしれない、と、まあ、誰かが考えたのであろう。落ち着いて発言しなよ、とついおもってしまう。

マイナス方向の言葉を吐き続けると、必ず報いを受ける。そんなことは知らなかったと言われても、知らないほうが悪いとしか言えない。そんなことは教わることではない。獲得していく生き方だからだ。

失われたって何を？

「かれらは幸せになりたいと望んでいるのに、われわれ上の世代の不手際で、うまく幸せになれないようだ」と誰かが言っているようだった。なんだか不思議な世界である。

「幸せになりたい」というのは、たとえば童話の中で、薄幸な少女なり、きちんとした待遇を受けていない本当の王女さまが冒頭で言うセリフである。それは環境がかわると解消される。「生活レベルが上がったら、それだけで幸せである」と信じていることが、幸せになりたい、と冒頭で呟くお姫さま候補が意識していないといけない了解事項である。生活レベルが上がってもまだ幸せでないとお考えの方は、このゲームには参加できなくなっております、ということだ。そのことを踏まえずに、勝手な命名が横行していたようにおもう。

ロストジェネレーションは、失われた世代と訳され、「生まれた時期が悪かったんで損をした世代」という意味で使われていた。

失われたって何を。

とその言葉を初めて聞いたときの感じをよく覚えている。

うまく言えたように見えるが、なにひとつ実態を反映してないだろう、と強くおもった。いまでもその感想は変わらない。名づけて、その気にさせようとした大人がいたのだろう。当の若者は気の毒である。

本来のロストジェネレーション

ロストジェネレーションと言えば、フィッツジェラルドでありヘミングウェイだ。

この二人をあげれば充分だろう。

「世界大戦を経験した戦後世代」のことを指している。

のちに第一次の世界大戦と呼ばれる戦争は、当時としては絶望的な破壊であった。それまでの19世紀的な国家間の紛争と比べて、あまりに多くの死者が出た。戦争によってこれほどの死者が出るとはそれまでの人類は知らなかったのである。直接の戦地とならなかったアメリカでも、参戦する若者が多かった。戦地に出向き、人を殺し、仲間を殲滅され、からがら生きて帰ってきた連中も多かった。フィッツジェラルドはアメリカの参戦とともに陸軍に投じたがヨーロッパの戦地に出向く前に終戦となった。ヘミングウェイは赤十字の一員としてイタリアの戦地で重傷を負った。

ただ、文学におけるロストジェネレーションのイメージは、明るく陽気で、無責任で新時代的である。世界大戦ののち、戦場にならなかったアメリカでの好景気を背に、ローリングトゥエンティーズと呼ばれた1920年代、その気分に乗っかって踊っていた世代、というのが、この言葉に対する僕のイメージである。

あの、楽しげな1920年代。ジャズエイジと呼ばれた彼らは、それまでの19世紀的秩序が、世界大戦を機に崩壊しはじめたところにつけこみ、若者の感覚で文化をリードしていった、そういう世代である。やや突出した部分が多かったため、1929年10月から始まった大恐慌の波に呑まれていき、それぞればらばらに活動してはいたが、冬に叢《くさむら》に生き残るキリギリスのようにやがて声がか細くなり、消えていった。それが、フィッツジェラルド世代に対する、漠然とした僕のイメージだ。それがロストジェネレーション。もとに「人はいとも簡単に大量に殺せるものだ」という現場（世界大戦の戦地）を経験しており、自分はその場にいた、ないしはその戦地に行こうとしたという前提がある。その激烈な体験のあと、平和な時代がやってきて、若者だからという理由で深く考えずに華やかに派手に生き、その姿を活写することで19世紀を切り捨て20世紀の新しい生き方を示したというところが大きい。

ただそれは勢いだけで展開したので、ある時期には一定の影響力を持ったが、時代が変わっていくと、大きな流れに呑み込まれてうたかたのように消えていった。そういう世代をロストジェネレーションと呼んでいた。激流といってよいような、歴史の大きな節目に遭遇し、その大きな流れに乗りながら、ときにそれを超える瞬間もあり、大喝采を受け、また嘲笑もされた派手な世代を指している。

そのロストジェネレーションと、日本の就職氷河期に就職できなかった世代のことを同じ名前で呼ぶセンスがまったくわからない。

ヘミングウェイは怒っていた

そもそもロストジェネレーションという言葉は「失われた世代」を意味していない。

ロストジェネレーションという言葉が広まったのはアーネスト・ヘミングウェイの『日はまた昇る』からである。この書物の見返しに「あなたたちはみな、ロストジェネレーションなのよね」というガートルード・スタインの言葉を書かれている。世界大戦の傷を深く受けた世代を、失われた世代だ、というイメージでとらえがちである。

でも、ちがう。

このスタイン女史の言葉は、そういうロマンチックなものではない。のちにヘミングウェイ自身が『移動祝祭日』の中であきらかにしている。

スタイン女史が使っていた古いT型フォードのイグニッションが故障したときのこと、修理に出した自動車整備工場の若い整備工が、かれは世界大戦に従軍した勇猛な戦士だったのだが、修理をうまくやらなかった。そのとき、そこの親方が整備工に向かって「おまえたちはみな、ロストジェネレーションだ」と怒ったのだ。いまの新潮文庫での訳では「だめなやつら」になっている。パリでのできごとだから、脇に「ジェネラシオン・ペルデュ」とルビが振ってある。

スタイン女史がその親方のセリフを引用して、若いヘミングウェイに向かって言った。「あなたたちがそれなのよね。みんなそうなんだわ、あなたたちは」「こんどの戦争に従軍したあなたたち若者はね。あなたたちはみんな自堕落な世代《ロストジェネレーション》なのよ」(高見浩訳)

「そうですかね？」と若いヘミングウェイが聞き返すと「ええ、そうじゃないの」「あなたたちは何に対しても敬意を持ち合わせていない。お酒を飲めば死ぬほど酔っ払うし」、言葉を遮ってヘミングウェイはささやかな抵抗を試みるが相手にされず「わたしに逆らわないで、ヘミングウェイ」「そんなことしても無駄よ。あなたがたはみんな自堕落な世代《ロストジェネレーション》なの」。そう言い切られてしまう。

言い返さなかったが、ヘミングウェイはとても怒っていた。「人をロストジェネレーションと呼ぶなんて何様のつもりなんだ」と書き記していて、怒りのまま「ワーテルローの戦いで歴史的な敗北を喫したネイ元帥」の銅像に向かって語りかける。ネイ元帥の背後には誰一人なく、かれは一人でそこにいた。「あのワーテルローの戦いで、彼はなんという失策を冒したことか。だいたい、どんな世代にも自堕落な部分はあるのだ。これまでもそうだったし、これからもそうだろう、と私は思った」と書いている。

自分たちのことを、あの戦場で命をさらして戦った自分たちのことをロストジェネレーションと呼ばれることに、まったく納得していない。ロストジェネレーションと呼ぶなら呼ぶがいい、というそういう開き直りとともに、『日はまた昇る』の見返しにその言葉を使ったのであろう。そしてそれは、その不思議な気配とともに語り継がれることになる。

21世紀になってもそれは同じことのはずである。「ロストジェネレーションなんて呼ぶな」というのは、やはりどう考えても正しい反応であって、当の若者の多くの人はそうおもっていたのだろう。

でもその言葉だけが、何かを言い表したような気配を持って言葉だけで屹立し、やがて時代のメルクマールとして一瞬だけ残り、やがてきれいに埋もれていく。呼んだ者たちの得意げな気配だけが残り、ただむなしいだけである。

だれもかまってくれない

就職がむずかしかっただけの世代をして、ロストジェネレーションと呼ぶ、その大言壮語さが、みっともないのである。

「就職できないから、世界が破滅するぞ」と言ってるようで、聞いていて、恥ずかしい。

世界大戦がもたらした破壊は壊滅的であった。歴史上初めて大量に人が殺され、しかもかつてない長さの戦いが続いた。ヨーロッパのすべての国が疲弊し、歴史をもつ多くの王家が幕を閉じた。どう見ても決定的な歴史の転換点であった。

その歴史事実を超え、戦後に好き勝手した世代がロストジェネレーションである。かれらが自堕落なのは、かつて世界を覆っていた「19世紀的規律」がなくなり、次の規律が確立されていないときに好きに動いたからである。

就職できない時期に就職できないと言っている日本の若者世代と、戦傷を負ったヘミングウェイの世代の、どこに共通点があるというのだろう。就職できないと大変なのは、わかる。でもそれは、きちんとそれ相応の言葉で語るしかない。大仰な看板を掲げて、大変だと騒いだところで、だれもかまってくれない。そこにこの2007年の苦しさが出ているとおもう。

このまま僕たちは00年代の最後を少し息苦しさを感じつつ、過ごしていくことになる。フィッツジェラルドは楽園のこちら側であまりにも大騒ぎをし続けたため、社会がかれらをして、どうしようもない連中だ、と名付けたのである。「かれらはロストジェネレーションだ」と命名することによって、少しは社会的気分が沈静化したということであろう。どこまで沈静化したのかはわからないが、気分としてはそうである。

2007年の日本での命名は「弱い者たちに、弱いと言って、なにか獲得しろ」という助言をしているように聞こえる。発想のレベルが低く、求める方向が弱い。そのあたりをずるずる受け取っていくことによって、必要以上につまらない現実感を抱えていったような気がする。

すでに、若者は個々にばらばらにされているのだ。ばらばらにされた者たちにとって、ただ年齢が近いからというだけで、仲間だという意識は持てない。あたりまえだ。よってたかってそうしたのだから。

若者に対する「畏れ」も抱いていないのに、若者世代を名付けても意味がないということでもある。

みんな、美しく孤立している。社会のシステムが美しい孤立に向けてきれいに整えられ、かれらはそこに丁寧に迎え入れられたのだ。そういう社会を僕たちが作ってしまっていたのである。

第7章　個が尊重され、美しく孤立する

携帯電話の「国風」化

携帯電話が退却しはじめている。

いずれ、携帯電話がなくなってしまいそうな勢いである。すべてがスマートフォンに取って代わられようとしている。

スマートフォンは、あれは、携帯電話ではない。スマートフォンは、その機能のなかで「通話できること」をあまり一義的に置いていない。携帯できるパーソナルコンピュータである。「通話機能もどこかに付いている携帯型パーソナルコンピュータ端末」でしかない。あれは、インターネットや動画を見るためのツールである。どう考えても電話機だとは言えない。

それまで使われていた携帯は、「ガラパゴス諸島のように世界標準とは違い日本独自の進化を遂げた携帯」と呼ばれるようになった。略してガラケーと呼ばれている。

寛平六年、遣唐大使に任ぜられた菅原道真の建議によって、遣唐使が廃止されたのち、唐の影響をあまり受けなくなったわが国は独自の文化を展開し「国風文化」と呼ばれた。

寛永十六年、ときの日本中央政府は、ポルトガル船の入港を禁止し、以降、二百十余年にわたり「海外との通商や折衝は中央政府が一手に引き受け、地方政権や商人が接触することを禁止する」ことになった。わが国の近代化は遅れたが、日本独自の文化を築き上げた。(寛平六年と寛永十六年、名前は似ているが、このふたつの年号には七百四十余年の隔たりがある。)

同じことだ。わが国は「世界標準とは違う進化を遂げる」のがふつうである。理由は簡単だ。このエリアに一億人以上が住んでいるからだ(江戸期でも二千万人から三千万人が住んでいた)。最大一億人が買ってくれる市場があるなら、それに向けて特化した製品を製造しても、じゅうぶんに商売は成り立つ。だから、僕たちの社会はすぐに鎖国をしたがるのである。鎖国はべつだん悪いことではない。鎖国という用語が不思議な感じを与えるだけだ。外交を日本政府だけで秘密裏に一手に処理してくれている制度を鎖国と呼んでいた。海外とさほど関わりのない多くの日本人にとっては、けっこうありがたい制度だとおもう。いまでも使いようによっては、うまく活用できるはずである。

それはいい。

携帯電話の話である。

ガラパゴス化した携帯電話というもとの語感はどうもそぐわない。ゾウガメやイグアナが、アップルストア銀座や、ソフトバンク表参道店を、ゆっくりと歩いている図をおもいうかべてしまう。国風、とか、元禄、あたりを使ってまた違う言葉を作ってみたらどうだろうか。誰も使わないとおもうけど。だから、少しここでは使っておく。

わずか15年で退却開始

１９９０年代の後半に、太平洋の西半分を席捲する巨大暴風に巻き込まれたように、日本人全員が落ち着きなく携帯電話を所持しはじめるようになって、まだ十数年しか経っていない。具体的に言えば、日本人に携帯電話がゆきわたったのは１９９８年である。１９９９年から番号が11桁になった。

それからわずか15年で、携帯電話そのものは退却を始めたのである。

こんどは、全員に「小さいパーソナルコンピュータ（インターネット端末）・通話機能付き」を持たせようと、躍起になっている。

この状況では、国風化した携帯電話と、スマートフォンと、二台持っているほうがいい。でも若者にはあまりそんな余裕はない。大学生は、ほぼみんなスマートフォンを持っており、朝から使うと、夕方には電池が切れている。内蔵電池でパーソナルコンピュータを使い続ければ、それは数時間で電池は切れるだろう。このあたりの根本的な解決がなされていないところに、どこか拙速さが漂う。インフラ整備が整っていないのに、いきなり西部に開拓に行かされている善良な農民たちみたいである。みんな善良で従順である。

とにかく多くの国民に一人一台づつ持たせる動きが加速している。携帯電話は退却していく。厳密に言えば、退却というより退化に近い。通話機能は大きなツールのなかに取り込まれていったのだ。スマホを日常使いする若者にとって、通話機能の優先順位はかなり低い。

1960年代の後半から普及した「カセットテープレコーダー」は当時は画期的な商品であった。

1980年代に日本の家庭に広がっていった「ビデオテープレコーダー」も驚くべき新商品であった。

どちらもまだ売られている。しかし、電器店の片隅で、老人相手にだけ商売がなされている。老人しか買いに来ないからだ。カセットテープレコーダーもビデオテープレコーダーも、かつては英文字表記だった操作ボタンが、いまはほぼ「老人でもわかりやすい日本語表記」になっている。完全に製造を廃止することはないが、大きく儲かる分野ではなくなったのだ。

携帯電話も、やがて、そのような方向におさまってしまいそうである。

スマートフォンは聞きたがり

ソフトバンクの国風折りたたみ式携帯電話を使用しながら、僕はイーモバイルのスマートフォンを手に入れた。

スマートフォンを持ってあらためておもったのは「とにかく個人の趣味と性向を特定したがる」ということである。いろんな情報を聞いてきたがるうえに、位置情報も入れろと言ってくる。

こちらからはあまり用件がないので、最初に入っているアプリケーションはほぼすべて削除した。最初から無料で置いてあるものは、バーターでこちらから何かを欲しがっているものだろうと判断するしかない。内容を確認せずに、すべて捨てた。家のパソコンを使っているように、検索や調べものができればいいだけである。僕は「ゴート族の移動について」や「ゴダールの映画の歴史」や「ゴーダチーズを使った料理」について、ただ調べられればいいだけなのだ。その情報をもとに、フン族の生態についての新しい本や、エメンタールチーズについての新製品情報をもらっても、使いようがない。たぶん、僕はあまり統一された人格とは言いがたいのだろう。隣接情報をもらって何かよかったということがあまりない。

高度情報化社会は、個の中の個へ、と進化しようとしている。金儲けを考えてる人たちにとっては進化だろうけれど、のんきにそこそこで生きていこうという多くの人たちにとっては面倒が増えるだけである。

便利になっても、進歩はしていない。

電話普及の戦後史

かつて、電話は、一つ町内にいくつかある状態だった。

昭和の初年ころは、電話を引いている家は、その電話番号を隣近所に公開しており、ときにそこに「呼び出し電話」がかかり、また「電話を貸してもらう」ということがふつうにあった。電話番号に㈺という文字がつけられた家があり、そこには電話は引かれていない、というのは1960年代にはまだふつうに見られた風景だった。

1970年代に入り、テレビがカラーになったころから、電話は「各家庭に一台づつ」あるものになった。ただ、一人暮らしの学生は電話は引いていなかった。大家さんに呼び出してもらうか、アパート全体（といっても全部で八部屋くらい）で一つのピンク電話を共用していて、そこに掛かってきた電話を住人の誰かが取り次ぐ、というのがふつうの形態であった。それが1970年代後半から80年代にかけてである。

1980年代に、一人暮らしの学生も電話を持つようになった。80年代前半は電話を引けるのは、アルバイトをたくさんやっている上級生たちだけだったが、80年代の半ばから後半にかけて「一年生の一人暮らし」でも電話とクーラーがついた部屋に住むようになった。驚きの贅沢さであった。それが90年代に入り、電話に留守番機能がつき、ファクシミリ機能がつき、未来へと突き進んでいった。このままでは、電話機が料理をしてくれたり、風呂を沸かしてくれたりするのではないか、と期待していたが、残念ながらそういうふうには進化しなかった。

そのかわり携帯できるようになった。

80年代の終わりころから「悪趣味なシロモノ」として巨大な携帯電話を、街で見かけるようになった。

あの悪趣味感は、たぶんこのシロモノの本質を表していたのだとおもう。巨大なものであった。ベトナムの密林で、敗退しつづけるアメリカ軍が無線に使っていたようなシロモノであった。最初はクルマに備え付けられていたのであるが、空爆機が友軍を誤爆しないために誰かがクルマから取り外して街に持ち歩き始め、やがて、ヤクザかやくざ風の商売をしてる人たちが使うものとして街に出回った。

それが、90年代の半ば、突如として、一般人に出回るようになった。悪趣味があまねく社会に降臨したのだ。１９９６年から出回って１９９８年に配布が完了した。０円や１円で売っていた時期がけっこうあったので（これでは売っているとは言えない）、配布といって、さしつかえないとおもう。

携帯電話は、最初通話をするだけのものであったが、やがて携帯電話同士での簡単な文章のやりとりが可能になり、そのあとパーソナルコンピュータのエレクトリック・メールが導入されるようになった。文章を打つ道具になってからは、電話機能は著しく後退する。ドコモがｉモードサービスを始めたのは１９９９年である。ここから、携帯電話のパーソナルコンピュータ的インターネット端末としての機能が高まっていく。

個人をさらに分解する

スマートフォンは、使っている個人から見れば、外に持ち歩ける便利なコンピュータ端末である。ただ、ものを売る側から見れば、個人の好きなものや優先してお金を出す情報がわかるデータ集積機能となる。それを、多くの日本人が一人一台づつ持っている、という状況になった。一人ひとりのデータを集めるほうにシステムは大きく転回する。

もとは、町内にあった電話機が、家庭に一台となり、部屋に一台となり、家族一人に一台となり、やがて外にも持ち出せるように別に一人一台持たされるようになった。すべての日本人に一人一台以上の携帯電話がいきわたった。それでも終わらない。

驚いたことに、個人はまだ細かく分解することができるのだ。それが高度情報化社会である。

電話型コンピュータを使った各個人のデータが向こう側に蓄積され、何が好きか、何に興味を持っていて何に金を払う可能性があるのか、それが推測されるようになった。自分が何者であるのかというのは、消費するもので規定されていく。人は使う金で規定しなおされていく。

高度資本主義社会というのは、常に何か新しいモノを開発して作って売っていくしかない。個人に一つづつ売って、それで終わるわけにはいかない。もっと細かく「世界に一人だけのあなた」というキャッチフレーズで、その人にいろんなものを買ってもらわないと、この世界がまわらない。

「世界に一人だけのあなた」のリアルな内側は、どうでもいい。何に金を使うかだけが大事である。

かつては多くの人に同時に同じものを買ってもらおうと努力した。まだその努力は続けられている。それとは別に「世界に一人だけのオリジナルな消費活動」をきちんとトレースし、間違いなく買ってくれるものを案内して、購入してもらうことがとても大事になった。その人がどんな人であるかは、どうでもいい。何を買うかさえわかっていればいいのである。「かけがえのない」オリジナルな消費行動をきちんとトレースできることが重要になった。

人は消費を続け、きれいに孤立していくことになる。

少し心地のいい孤立である。この、心地よさが世界の趨勢を決めてしまう。

世界は自分で選べるようになった

大学生たちもよく見ている深夜アニメは、三ヵ月ごとに入れ替わっていく。

4月、7月、10月のあたまに「今度の深夜アニメは、なんか見てる?」と聞くことがある。何人か重なって見てるものがあればチェックするためでもある。

この夏、大学二年の女子にそう聞いたら「あー、今期は何も見てないですね、また何かにはまってしまったら、お金がかかってしまうから」と言った。たしか彼女は「ラブライブ」にはまっていたのだとおもう(「あの花」にもはまっていたかもしれない)。はまると、つまりアニメのファンになってしまうと、金がかかるのだ。そういうシステムがきちんと出来上がっている。金をかけないマニア、というものも存在していいはずなのだが、まず、いない。そういうマニアは居場所がない。グッズを買う、イベントに出向く、声優のライブに行く、それがきちんとしたマニアである。当然、お金がかかる。

アニメそのものを見なければ、そうなる可能性はない。対岸の出来事として遠くから眺めていられる。個の尊重とはそういうことである。大ヒットのアニメが出てきて、多くの人が騒ぐようになっても、それだけでは動かない。自分が見てないものは、どんなに受けていようと、見ていないのだから、自分とは関係ない。美しく孤立しているとは、そういうことである。世を先導するような大きな流れになることはなく、ヒットによる〝世間〟も築かれない。気分しだいの選択しか、ここにはない。でもヒット作が出る。

選択は、あくまで自分の感覚による選択である。流行や、世間の動きや、噂によって選択がおこなわれるわけではない。すべて、自分の感覚によって選択する。自分がいいとおもうかどうか。それがすべてである。自分が選ばなかった作品が、大きく受けていることもあるが、べつだんその流れに入っていなくても困らない。すでに美しく孤立しているのであるから、取捨選択は自分しだいである。

世界は自分で選べる。選ばなかった世界は、存在しないことと同じである。

自意識による選択によって、世界を覆う存在にもなるし、その存在を消すこともできる。

やさしいのだが、認めないものは存在を許していない。やさしさをまとった殲滅のひとつの例である。

自分が興味を持たなかったものは、この世に存在していないのと同じである。悪気なく、存在を消すだけである。

個人が大事にされ、趣味嗜好が尊重され、そこからシステムが組み直される。もとより巨大なシステムが、より強固になり、壊れにくくなる。

人はうっすらとシステムを憎みだし、そのシステムじたいが雲散霧消する風景を夢想するようになる。

「ステマ!」と叫ぶ若者たち

2010年代に入ると、ステマ、という言葉をよく聞くようになった。

ステルス・マーケティングの略である。

ステルスというのは、敵のレーダーに映らないように作られた飛行体などにつけられる名称である。だから「広告だと気付かれないような広告」のことを指す。若者はステマと略して呼んでいる。ステマ、と発音した時点で、すごく日本語的な音に聞こえる。

ただ、わざわざ新しい名前を付けるほどのことではない。古来、宣伝広告というのは、うそや虚偽、はったりや騙しと隣接した部分で作られ続けている。ときにはただのうそだけの中に存在する。宣伝広告とはもとからそういうものである。

映画のフィルムを流しているときに、コカコーラの映像を認識できないほどの短さで挿入し、コカコーラを飲みたい気分にさせる、というサブリミナル宣伝がおこなわれたとされるのは、もう60年近く昔の話である。エルビス・プレスリーが米軍に徴兵されるより前の出来事だ。

1980年代にはタイアップ、という広告も行われていた。取材記事やインタビューの記事のように見える広告である。ブログで芸能人がこれいいよ、と言ってる広告とほとんど同じである。ただ、2000年代にそういう広告は悪だとされているが、1980年代には、「ややかっこいい」とおもわれていたところに大きな違いがある。

若者たちとゲームをやったときの話である。2012年夏のことだ。前に立ってゲーム内容の説明をした。

「いまから、ファイブボンバーというゲームをやります。月曜の7時にフジテレビでやってる『ネプリーグ』という番組があります。ネプチューンが司会している番組ですが、見たことありますか」と言ったら、そこで間髪を入れず「ステマ！」というヤジが飛んだ。もちろん、場を盛り上げようというヤジなのだが、フジテレビの番組名を出すだけで「ステマ！」と声が掛かり、そこそこの笑いが生まれるところが、現代的なのである。この場合の「ステマ！」は冗談であったが、ふだんは違う。

「ステマ！」と叫んでいるのは、どうも「ダウト！」と叫んでるのに近いようだ。「うそだろ！」「宣伝じゃん！」というニュアンスである。

疑心暗鬼

インターネットの初期には、それは00年代の前半のことであるが、「素人の正直な口コミ評価がわかる」という部分でいいイメージを持たれていた。でもそれは一瞬のことである。

途中からすぐに広告が入ってきた。

バナーと呼ばれるインターネット上のわかりやすい看板や、記事ふうの広告や、「広告だとわかりにくい広告」も出てきた。有名人がブログで紹介したり、いろんなSNSを使ってそれを愛用してることをさりげなくアピールしはじめた。最初は、ふつうに信じていた人たちもいたが、のちに、宣伝だとわかった。そのとき、騙された人は怒る。ステルス・マーケティングだ、と指さして叫び、騙されるなと注意を喚起する。

もちろん有名人だけではない。一般人が参加しているステルス・マーケティングも多い。

どのラーメン店がうまいのか、どこの蕎麦がうまいかというのは、いまはインターネット情報が主流となっている。そこで、客のようなふりをして、関係者が書き込む。もしくは、金を払ってアルバイトを頼んで、そういう投稿をしてもらう。そういうことが一時期、流行った。

アマゾンで一斉に同じ本を買って、アマゾン順位を上げるのも似たような手法である。そういう広告が常態化すると、ふつうの行為さえもみなステマではないかと疑うようになる。

うちの近くにできた塩ラーメン店に、いきなり行列ができてるのを見たとき、「なんでだろう」と言ったら、学生は「ステマでしょう」とひとことで答えた。ほんとうにそうなのかどうかはわからない。店主と店員とその友だちがインターネットでいい噂ばかりを書いて人を呼び込んだのかもしれない。純粋に人気が出ただけかもしれない。でも学生にとって、不思議な人気が出ているなら「ステマ」だと分類したほうが、現実認識が早く、楽なのである。

ちっぽけな呪文

「ステマ！」は、さほど切羽詰まった叫びではない。

でも、そこに「騙されないぜ！」という防御の気持ちが入っている。

「騙されないぜ！」とみなで個々に叫んでいる。それがいまの社会でもある。

この動きは、団結することも、連帯することもない。

なかなか大変である。本当にただ純粋に感想を言っているものも宣伝だとおもってしまうかもしれない。それでも騙されるよりはまし、ということのようだ。自分の身は自分で守るばかりである。

山道を歩いていて、少し危険な気配を感じたときに「止まれ！」と叫んでいるのに近い。こういうことで「危険に対する嗅覚」が鍛えられるのはいいことだとおもう。気づいたものから、その場で指をさして叫ぶ、というのは、微力ではあるが、有効なひとつの手立てだろう。

べつだん、大きな流れそのものを変えることはできないだろう。もともと、そんなつもりもない。

ただのちっぽけな呪文である。でも、何の呪文も持っていないよりはましだ。いまはともかく、将来のなにかの戦いに有効であるかもしれない。そんな気がしてくる。

団結も連帯も考えられない世界で

すでに、もう、みんな、個々に切り離されて、育ってしまったのだ。

そういう育ちの人たちには、団結も連帯も、考えられない。しかたがないことだ。たとえば、アニメ好き同士だから、という前提でお話をしても、話が合わないのは、ふつうのことである。巨人の星とあしたのジョーと夕やけ番長とアタックナンバー1を見ていればアニメ世界のすべてを語ることができた時代と、時代が違うのだ。

切り離された個々にとって、連帯は無理である。団結も意味がない。

ただ、みんなが漠然と抱いているイメージを統一することくらいはできるかもしれない。

それにどういう力があるのかはわからないが、それでも何かを変えられるかもしれない。

いまの大きなシステムは、個人個人の嗜好までカバーしてくれて便利である。便利なうえに、あなたは消費することによってあなた自身である、と認証もしてくれる。でも、本来、欲しがっていたものは、これではないとわかっている。何が欲しいかはわからない。何かを欲しがっていたかどうかもわからない。

願望だけが空回りする。

本当の願望は何かと考えてみれば、それはたぶん「自分が望んで作ってもらったわけではないこういうシステムがすっかりなくなってくれないだろうか」というものである。

言ったところで意味がない。変わるわけがない。システムは前よりも、より強固になっているとしかおもえない。

でも、なんか変わってほしい。そのために何かをするつもりはないけれど、このシステムそのものがなくなってしまえばいいんじゃないかと一瞬、夢想する。

そういうイメージの統一に有効なのが、アニメーション世界であり、そのもとになっているライトノベルであり、ボーイズラブである。

「新世紀エヴァンゲリオン」のアニメ世界が、あまり理解できないままでも圧倒的に支持されるのは、あそこに描かれる風景が、どこか懐かしく、うまく僕たちの願望をすくってくれている気持ちがするからだ。ストーリーや物語背景はよくわからなくても、あの、第3新東京市の映像と、使徒による破壊は、どこか懐かしく、自分の知ってる世界のような気がしてしまうところにある。

なんとなくみんなの願望イメージを統一しておくと、いつか、何かに役に立つかもしれない。そういう気がしてくるのである。

美しい孤立に慣れてしまえば、見知らぬ人と連帯していくのは、ただ面倒におもえてくる。

でも、いまと違った世界をみんなと一緒に想像するのは、どこか楽しいのである。

個々に、連帯せずに生きていく人たちによって、新しいルールとマナーが作り出されているようである。

次の、新しい、よりよい世界にたどりつくまで、あと少しなのかもしれない。もし、次のよりよい世界にたどりつけないのなら、そのときは世界は滅んでもしかたがない。少なくとも滅んだ世界を想像するほうが、少し安心する。美しい夕焼けに覆われながら、滅びていく世界像は、どこかに懐かしさを感じるのである。それは、おそらく、みんなの願望が一つ方向に向かっているからだとおもわれる。

終章　恐るべき分断を超えて

迷惑をかけなければいいのか

美しい孤立の流れで出てくるひとつの考えは、「人に迷惑をかけないかぎりは、自分の好きなことをやっていい」である。

好きなことをやるのはいい。

ただ、この前提の「人に迷惑をかけない」という部分に重きをおくと、バランスが崩れる。

迷惑は、かけないほうがいい。

でもそれが、他人のことを考えてではなく、自分のためにだったら、少し考え直したほうがいい。

システムは僕たち自身でもある

2000年は、わりとふつうに迎えた。平成十一年から十二年になった、という感覚であった。

でも2000年代がすすむにつれ、きちんと2000年らしい未来ぽさを展開していった。

いろんなものを総取っ替えしていく時期であった。

社会の底を抜いて、いろんなものが取っ替えられていった。底が抜けたが、そのぶん表面は穏やかさを保っていた。上から見ていると穏やかな10年である。

でも2000年の人間をいきなり2011年世界に放り込むと、けっこう戸惑うはずである。

社会システムは、より整い、より洗練された。

小さい商店は押しつぶされていった。すべて、中央でコントロールできるチェーン店ばかりになっていく。そのほうが、人々の欲望をトレースしやすいからである。欲望はすでに予測されている。僕たちはもう、導かれるままに消費すればいいのである。

かつて、夜中にコンビニエンスストアに行き、「何か欲しいのだけれど、何が欲しいのかわからない」という暗い煩悶を抱いたことがあったが、あの悩みが、この誘導システムを開発してくれたのだろう。誰も頼んでいないし、あまりこんな社会を望んだような記憶はない。べつだん、不満なわけではないが、何かが少しずつ違ってる気がしてしまう。

だからと言って、社会システムはあちら側のものではない。

僕たちは壁の前にいる弱い存在で、システムがあちら側のものなら、もう少し対処のしようもある。敵対しているのは、ときにつらいが、モチベーションは保てる。若者にとっての居場所も明確だ。

でも、システムは僕たち自身でもある。そこがこのシステムの手強い部分だ。深夜、自宅でひとりパーソナルコンピュータに向かっているときは、壁の手前の弱い存在であると感じる。でも働いているかぎりは、システムの一環である。

この便利で発達した社会システムを壊す仕事というのは、まだあまり求職情報誌には載っていない。

おそらくどの仕事を選んでも、高度な情報社会システムの一端を担わされることになる。学生は、まだそのシステムを担わされることは少ないかもしれないが、でも、アルバイトで働いていれば同じことであるし、そもそも自分の生活費を出してくれているもとは、やはり、その高度情報化社会システムの一端を担って、稼がれたものだろう。

システムが洗練されているというのは、こういうことだ。誰もが組み込まれており、誰もがそのシステムの恩恵を被っている。だから、破壊衝動が生まれない。破壊を企画した人物がいたとしても、連帯できないし、アジられることもない。人類がもともと進もうとしている道の真ん中にあるシステムである。これを壊すことは、自分たちの一部を壊すことであるのはよくわかっている。

ただ、もう少し別のシステムはなかったのか、という問題なのだ。

自分の欲しいものがわからない上のほうの世代と、自分の欲しいものがすべて手に入らないので苛立つ下のほうの世代と、どちらも幸福な気分は漂わせていない。「幸福になりたい」という不思議な理念はときどき宙を浮いているのを見かけるが、ただ浮いているだけである。誰もどうしようもない。

管理された欲望

いろんなものを放り出してきた10年であった。

辞書を捨て、地図を捨て、自分の家に新聞を配達してもらうこともやめた。みんなインターネットで代用している。

小さい本屋がなくなり、街のレコード店もなくなった。ぼんやりした八百屋や、のんびりした豆腐屋もなくなっていく。

都市情報誌に金を払うのもやめ、ラーメンムックも買わなくなった。

何かしらに後押しされてきたとはいえ、でも、僕たちが選んできた道である。

洗練され、欲望が管理されだした。欲望の管理は頼んでなかったんだけど、と言っても、手遅れである。もう少し余裕が欲しい。留保と言ってもいい。でも、何かに興味を持つと、訓練された店員が音もなく近づいてきて「こちらの商品はですね」と説明してくれるようになった。無視してもまとわりついてくる。

管理された欲望から逃げるには、壊すしかない。

身のまわりのものすべてを壊す以外は、方法がおもいつかない。つまり、巨大なシステムを徹底的に破壊してほしいのである。25世紀あたりからタイムワープしてきた恐るべき機械によって、世界をつぶしてもらったほうが気が楽になりそうである。

「やさしさをまとった殲滅」をつい夢見てしまう。

でも殲滅など、所詮、夢にすぎない。やさしさをまとおうが、微笑みを浮かべていようが、殲滅を夢見ているのは、やはりどこかおかしいのである。

受けた恩は返せない

だから。

小さいユニットを復活させていくしかない。

殲滅など夢想しないためには、その方法しかないとおもう。

たぶん、有効なのは家族である。家族システムは、子供が成長するまではいまでも機能しているが、大人になってからの家族システムは、だいたい捨てられることになる。金を出せる大人たちが一ヵ所に多く固まっていると、消費が進まないからだ。

家族、というシステムがすぐれているのは「迷惑をかける（世話を焼かせる）」ということがもとから組み込まれているところにある。誰もが子供のときには親に頼る。親がいなければ親代わりを頼る。われわれは、誰かに頼らないと一人前にならない。「早く一人前になって、迷惑をかけた（世話になった）親に恩返しをする」のが、基本、よいこととされる。

ただ、世話を焼かせたり、迷惑をかけたことは、何かを返すことで等価となってイーブンとなるのだろうか。

ならない。

このシステムのいいところは、経済効率と無縁だというところだ。

恩は受けたら受けっぱなしになるのが前提である。

世話は焼かれたら、焼かれっぱなしである。

返せない。別の形でまた交流を持つことはできるのだが、恩は返せない。迷惑はかけっぱなしで、世話は焼かれたままである。

ここの部分に落ち着きのなさを感じるかどうか。

感じる人がいまは多いだろう。

でも、それは毒されてると言うしかない。何に毒されているかというと、いまの「効率優先システム」にだ。

「受けた恩は返せない」。

これはこれで引き受けるしかない。

われわれは、損得勘定でイーブンのところにいるために生きているわけではない。

ただ、生きている。

生きているかぎり、いろんな人のお世話になる。視点を変えれば迷惑をかけるとも言う。

世話をかける、迷惑をかける。でも、それはかけっぱなしになる。心の負担になる。

その、負担に、少し耐えよう、ということである。

経済活動では、それをやると、あとで誰かが回収に来る。そのときに「半返し」ならまだいいが（それでもいやだけど）、「倍返し」などという聞き慣れない言葉で攻められるとどうしようもない。怖い。

でも、その怖さも越えるしかない。

自分は世話を焼かれる人間であり、迷惑をかける人間である、と認めることが大事なのだ。

そこがスタートするところである。

困ったときには人に聞く

「迷惑をかける」と言うと、みんな、困った表情をする。迷惑をかけるのはいけないこと、と教わっているからだ。

言葉の選び方の問題なのかもしれない。人に世話をかける、手数をかけるという言い方に換えてもいい。

とにかく人に手数をかけるのはしかたないとおもうしかないのだ。人に手数をかけないで生きたいという目標を掲げるのはいいが、実際にはできない。

手数をかけたら、そのぶん金を払えばいい、という考えがもっともダークである。その考えだとダークサイドに落ちてしまう。

たとえば。

家の近所を歩いていたら（そのへんの土地勘があるという意味である）、道に迷って困っている観光客がいたとする。時間に余裕があれば、道くらいは教えてあげるだろう。教えてあげてください。そのとき、お礼にと、金を払われたらどういう気分になるか。お礼に三万円渡されたら、まず、気持ち悪い。たとえ千円であっても、いや、いいですよ、と断るのがふつうの市民感覚だろう。道を教えたくらいで金を払われると嫌な感じがする。それが人として正しい。

「こんなに親切にしてくださって、どうすればいいですか」と言われても、いや、べつに何もしなくていいです、と答える。「でも」と言われれば、「それじゃ、あなたが教えられることがあったら、教えてあげてください」と言うのが人の道である。

これと同じである。

時間と気持ちに余裕があれば、迷ってる人に道くらいは教えてあげる。報奨なんて考えてもいない。

だから自分が困ったときには、こんどは聞けばいいのだ。

自分で教えたことのない人は、人に聞けない。そういう訓練ができていないからだ。自分で解決しようとして、スマートフォンを振り回し、ずいぶんと消耗してしまう。道は聞いたほうが早い。

縦の関係を意識する

自分は、人に世話をかけて生きているのだと認められれば、人が世話をかけてきた場合、惜しまず手数をかければいいだけのことである。

世話になった人にはなかなかストレートに返せるものではないが、別の人の世話をすることはできる。そうするしかない。

縦の関係をもっと強く意識しろ、ということでもある。

大学サークルを見ていると、横に強く、縦に弱いのがあまりに顕著である。

新入生は、同学年の仲間を作るのは早いのだが、上級生とからむのに時間がかかる。縦関係に得意な誰かがまず進んで仲良くなり、そのあと仲間を連れてまた先輩と会えばいいのだが、そういう面倒な手順を踏むやからが少ない。

みんな「徹底して分割された個」として存在しているから、連帯しにくい。

漫画好き、アニメ好きというカテゴリーでくくられているサークルであっても、「同じ趣味嗜好の同士」とそうそうめぐりあえるわけではない。30人の新入生がいると、30パターンの嗜好がある。それはおとながそうなるように必死でシステムを組んでいるのだから、しかたがない。それぞれ、きれいに分割され、丁寧にあつかわれてきたのである。「大事にされた個」として存在している。好きなものが同じ方向を向いているはずなのだが、でもそのポイントだけで連帯するのがむずかしい。これが素敵な21世紀の、硬直した実態である。

横並びでの連絡はある程度とりあうが、上とからまず、下の面倒もみない。

各学年孤立していきながら、毎年まわっていく。

受け継がれない世界

早稲田大学の学園祭は、かつて革命的マルクス主義者たちによって占拠されており、ずいぶんと面倒なことが多かった。そのため一時廃止され、21世紀になって、学生の自主運営にまかされるようになった。毎年、早稲田祭実行委員が自主的に集まり、大学祭を運営していく。

ただ、受け継がれない。見事に受け継がれない。

「漫画研究会さんにこんな集客力があるとは知りませんでした」というセリフを、もう5年連続、担当の委員に言われている（8年くらい言われているかもしれない）。集客力があるのだから、広い教室をあてがってほしい、と申請しても、なぜか通らない。2013年の担当者は、2012年のことを知らないのである。何も伝承されていない。2014年の担当者も2013年のことは知らないのだろう。その年の担当者は長い列を見て驚くが、それだけである（われわれは似顔絵を描いていて、大学祭ではかなりの人気を呼ぶ。1950年代から続く伝統である）。また次の年の新しい担当が驚く。新鮮なのかもしれないが、数年以上にわたって眺めていると、馬鹿にされているようにしかおもえない。だからと言ってかれらが伝統や伝承に興味がないわけではない。古い伝統をつぶせ、なんてことは考えてない。どちらかと言うと穏便に伝承が続くといいとおもっているのだろう。でも、かれら自身がその担い手になるつもりはない。

だって分割された個だから。

個は、長い歴史の中に自分が入っている姿が想像できないのだ。

伝承は、その係の人がやってくれる。

僕たちは、目の前の仕事を処理していけばいいのだ。

そう真面目に考えてくれているだけである。

伝承はされない。続きもしない。来年は来年です。

そういう世界が展開されている。

迷惑をかけなければいいじゃないですか、という考えと根が同じである。

迷惑くらいかけよう

だから。

迷惑くらいかけたらどうだろう。

そのぶん、迷惑をかけられたときに、面倒がらずに、世話を焼けばいいだけの話である。

「自分の予想していないところで、自分の好きでもないことを、自分でなくてもやれそうな作業をすること」。それが面倒がらずに世話を焼くことである。


迷惑くらいはかけよう。

迷惑くらい、かけられようぜ。

見知らぬ人に大きな迷惑をかけるのは、たしかにいけないだろう。でも、自分の知ってる人に、自分のためのひと手間ふた手間かけてもらうお願いをする。それは、あり、だろう。

そして、迷惑をかけられる人を何人持っているか、ということが人の広さを見せることになる。

仲のいい友人だったら、少々、迷惑をかけられても、だいたい「またかよ、おまえなー」とおもいつつも後始末に走るものである。そういう友人を持ってる人も少なくなってそうだけど、それはまた、自分も友人に同じような迷惑をかけることがあるからだ。これは横の関係だから、ギブアンドテイクが成り立つ。それを、縦の関係でも展開せよ、ということである。

縦の関係では、ギブアンドテイクにはならない。なる場合もあるが、ならないとおもっていたほうがいい。

恩を本人に返せない。それは負債となる。負債を背負う覚悟を持つしかない。

それは下の人間から何か頼まれたときに、見返りを求めることなく、応じることによって返せることになる。

そうするしかない。

恐るべき個への分断から、逃れて少し息をするには、それしかないのである。


迷惑をかけて生きていく。

迷惑をかけられたら、面倒がらずに世話をしていく。

そこに、金銭やら経済活動を介在させない。

やさしさをまとった殲滅は想像しない。世界を大雑把にとらえない。自分の身のまわりから始末していくしかない。

僕たちは、そうやって生きていくしかないのだ。

あとがき

00年代というのがとても気になっている。

2000年から2009年の10年である。

2000年はどんな世界だったのか。

世界の隅々まではわからない。僕のまわりの風景をおもいだしてみる。少々、本文と重複する。

携帯電話はもちろん、持っていた。ドコモとJフォンと二台持ちであった。ドコモはあまり使ってなかった。

Jフォンは、たしか「スカイメール」が使えたはずである。ショートメッセージサービスである。50文字以内だったとおもうが、Jフォン同士であればメール交換が可能であった。でもまだ携帯電話はメールのやりとりをするものではなかった。電話をかけるものであった。

パーソナルコンピュータは買ってあったが、まだうまく使いこなせなかった。雑誌の原稿はキャノンのワードプロセッサーを使って書いていた。2000年の半ばころからいくつか原稿をコンピュータを使って書いていた。が、メインはワードプロセッサーだった。パーソナルコンピュータに完全に移行するのは2001年になってからである。ライターとしては移行がやや遅れてる、というくらいの状況だった。これはワードプロセッサーのほうが使い勝手がよかったからだ。たとえば、作字ができた。「草彅剛」の彅の字はJIS規格に入っていなかったが、原稿でよく使うので、自分で作った。自分でドットを刻んでいくのである。もとからある字ほどきれいには出来上がらないが、でも正しい字が打てる。そのあたりは、ワードプロセッサーのほうが優れていたようにおもう。

ディジタルカメラはまだ持っていなかった。ディズニーランドに行くと、「使い捨てカメラ」を買って撮っていた。撮ったときにはどういう出来の写真かわからず、現像に出して、初めてわかった。60分仕上げのDPEが割高ではあるが便利で、よく使っていた。ディジタルカメラに移行するのは2003年からである。

携帯電話で写真が撮れるようになるにも間があった。カメラはまだカメラ好きが持っている時代であった。

ディズニーシーには行ったことがなかった。できていなかった。だからディズニーランドはすぐ満員札止めになっていた。ディズニーシーができあがるのは2001年である。

テレビ番組はビデオテープでふつうに録画していて不便はなかった。ＤＶＤで録画しだすのは00年代もかなり深くあとになってからである。だいたい２００８年くらいのことだ。

取材のときに音声を録音するのは、マイクロカセットテープレコーダーを使っていた。ビデオカメラはミニＤＶのテープを使って撮影していた。

ｉＰｏｄはまだ発売されておらず、外で音楽を聴くにはＣＤウオークマンを持ち歩いていた。ＣＤを十枚ほど入れられるフォルダを一緒に持ち歩き、一枚聴き終わるとＣＤを入れ替えて、聴いていた。

Ｓｕｉｃａもまだ発売されておらず、ＪＲに乗るときは、イオカードを使うか、ふつうに切符を買っていた。

パーソナルコンピュータを使いこなしていないのだから、エレクトリックメールはほとんど使っていない。そもそもすべての友人がエレクトリックメールを使っているわけではないので、メインの連絡には使っていなかった。同窓会の案内はすべて往復ハガキで、草野球の出欠は電話とファクシミリを使っていた。

だいたいそういう時代である。

インターネットサービスにも接続はしていたが、さほど活用していたわけではない。ネットサーフィンという言葉はあったが、あまり僕は脈絡なくいろんなページを見るということはしていなかった。

検索サイトはグーグルではなかった。まだ、グーや、エキサイト、ライコス、インフォシーク、インフォナビゲーター、ヤフー、フレッシュアイ、あたりの複数の検索サイトを使っていた。グーグルを強く活用しだすのはうっすらとした僕の記憶では２００５年あたりからである。

当然、ウィキペディアも使っていない。

まだ辞書や事典、地図を使っていろんなものを調べていた。

おいしいお店情報というのもインターネットで見ることはあったが、まだ信用できるレベルのものではなかった。

世界はまだ開かれておらず、自分の好きな小さな世界は、ごく身近に取り置いておくことができた。

平穏さを求めるなら、インターネットと関わりのないところで、何とか得ることもできた。

そういう世界があきらかに変わってきたのは、２００５年からである。

２００３年には『涼宮ハルヒの憂鬱』が発売され、２００４年からライトノベルの注目度が異様にあがっている。大きな利益を生み出すコンテンツとして、おとなが放っておかなくなった。２００４年の『電車男』の出現とともに、あらたな表現分野として「軽い読み物」に注目が集まっていた。

同時にそれまでの教養概念があまり通用しなくなる。ゆとり教育のただなかでもあった。

それまでの教養が不必要に感じられた原因は「インターネット検索」の想像を超えた便利さにある。

２００４年の夏にコミックマーケット入場者数が50万人を初めて超えた。２００７年以降、50万人を割ることがなくなった。インターネットの人口普及率は２００２年に50％を超え、２００５年には70％に到達した。その気のある人が、すべてインターネットを閲覧するようになったのが、２００５年である。

２００５年を境に、インターネットを通して世界がつながっている、というのがみんなの前提になった。すばらしいと感じられる面もあったが、あきらかになにかが壊れ始めていた。

２００６年以降、すこし息苦しくなってきた。

この時期、僕たちの社会には「実感のない好景気」が続いていた。知らなかった。２００２年2月から２００７年10月までの69ヵ月間つまり5年と9ヵ月もの好景気が続き、「いざなぎ景気越え」とひそかに呼ばれていたのである。あまりにひそかだったので、多くの人は気づいていなかった。好景気が続くのに実感がない、というのは疲れる。じっさいに僕たちは疲れだしたのだとおもう。２００５年までは何とか持ちこたえていたが、２００６年以降、何だか先行きが見えない感じがしてきた。

00年代の「何も目立ったことが起こっていないのに、世界が以前と違ってくる感じがする」のはこのあたりがポイントになる。

00年から用意され始め、05年には人知れずいろんなものが新しく整えられていた。だれかが人知れずやってくれたようだった。ある朝、目覚めてまわりをよく見渡すと、すっかり新しいシステムが準備されていた、という感じである。ただ、誰がいつ、何のために整えてくれたのか、わからなかった。たぶん、誰もわからなかったとおもう。

気がついたときには、違っていた。

小さいお楽しみは消されていた。

世界のラーメン店は、インターネット上でほぼすべて網羅され、意味のわからないランキングによって並べられていた。便利なようでいて、まったく使いにくいランキングである。

「笑っていいとものオープニングに映り込むには、どの位置に何時から立っていればいいか」というような、90年代だったら誰も相手にしない情報が、いつの間にか商品のように扱われていた。ごくごく親しい仲間内だけで楽しんでいる情報を世界中の人が必要もないのに知るようになった。「誰にも言うなよ」と言ったことが、仲間内を超えて、宇宙を駆け巡るようになった。完全に違っている。どっちかというと「かなりおかしな世界」になっていた。

はっきり気がついたのは、2007年になってからである。

どうやら人知れず違うタームに入ったと、わかった。言葉にはしていない。する間もなかった。でも誰にでもすぐわかる状況だった。

見せかけの景気も行き詰まりだし、僕たちを包む空気も変わっていった。

2007年が、ロストジェネレーションという若者世代への哀しいネーミングから始まったのも、あのころの空気を反映していたとおもう。「ブラック企業」という言葉が頻繁に使われだした。若者が弱者であり、何かが失われた、としきりに喧伝された。何を失ったのかは、ついによくわからなかったけれど、とにかくいまの状況がいやなのだ、という気分だけはみんなに伝わった。

２００８年に入り、秋葉原での無差別殺傷事件があり、９月にはリーマンブラザーズが破綻した。僕たちの気分はよけいに落ち込んだ。年末には、「年越し派遣村」というイベントも開催されていた。よくわからなかったが、何だか大変そうな人がいて、そのまわりで頑張っている人がいる、という周辺情報だけがわかった。

こんな世界にしてくれとは誰も頼まなかったのだが、とおもいつつ２００９年を迎え、僕たちはほんとうにいやになってきた。落ち着きをなくし、とりあえず政治システムの表面だけでも変えたくなってしまった。２００９年の夏には、どう考えても大人の対応が得意でなさそうな民主党を政党第一党に選び、より困難な社会状況を作ろうとしていた。ほかによい方法が見つからなかったからだ。これが軽い破壊につながっていると気がついたのは、少しあとのことになる。

２００８年には、日本でもアイフォーンが発売され始めた。携帯電話の形を取ったインターネット端末機である。どこかの平原で誰かが気軽に焚き火をするように、ぽっと売り出された。誰かが目を離してしまったんだとおもう。気がつくと燎原の火となり、あっと言う間に広がっていった。僕は一人古い携帯電話を持って逃げ回るしかなくなった。

フェイスブックの日本語版が公開されたのも２００８年。

ツイッターの日本語版が始まったのも２００８年であった。

輝かしい未来へと続く新しいサービスだった。すべてのパーソナルコンピュータとスマートフォンに踏み込んできた。

ミクシィというソーシャルネットワークサービスが始まったのが２００４年だった。多くの若者がミクシィに捕らえられていた時期があったようにおもう。若者のミクシィ捕囚。匿名を許さない閉鎖空間としてミクシィは熱狂的に支持された。でもあるとき「私はあなたの日記をよく見てるのに、あなたはなぜ私の日記を見てくれないの？　まったく足跡が残っていないじゃない！」と叫ぶ子が出てきた。あっという間に重苦しい空間になった。あちこちで意味不明な非難が飛び交っていた。見つからないように、そっとフェイスブックとツイッターに移行していった。移行すれば、過去がすべて消去できるところが、とてもありがたかった。新天地のフェイスブックもツイッターも、最初は心地いい。でも、フェイスブックにはフェイスブックの厄介さがあり、ツイッターにはツイッターの面倒さがあった。臨界点を超えると、またすっとフェイドアウトしていった。

2011年にラインが始まった。みんな、ラインがいい、と言い出した。リセットできるのがいい、ということでしかない。リセットして、新しい関係に入り込み、面倒になってまたリセットする。そうしていると、重苦しさと気楽さを行き来できる。気楽さは大事であるが、ときには深い関係も味わいたい。「ヤマアラシのジレンマ」の実験が延々と繰り返されている。だれもデータを取らず、分析もしていない。でも、実験は繰り返されている。

そろそろ飽きてきた。飽きてくれれば、すべてから脱ければいいだけである。


いろんな便利なものが出てきたのが00年代である。

いいね、おもしろいね、と気軽に対応しているうちに、そういうものばかりになっていた。ふと気がつくと、それまでの古いものはすべて片付けられていた。ちょ、ちょ、待てよ、と言ったところで、もう遅かったのだ。

しかたなく新しいもので生きているが、あまり身にフィットしてくれない。

何か余計なものまで捨ててしまったんじゃないか、と考えるようになっていた。すでに2010年代を迎えていた。

少し戻って、捨て去ったところから、ひとつ、ふたつ、大事なものを拾ってきたほうがいいんじゃないか、とおもうようになった。この10年をざっくりと振り返りつつ、僕はそうおもう。

僕が拾ってきたものは「迷惑くらいかけてもいいじゃん」という言葉だった。それについて書いてみたわけである。

みんなも少し振り返って、何かを拾ってくればいいとおもう。

＊

講談社現代新書のメールマガジン（「現代新書カフェ」）に連載していたものをもとに新書にした。

連載時のタイトルは「失われたモノたちの00年代」だった。

新書にする際に「やさしさをまとった殲滅の時代」となった。

「やさしさをまとった殲滅」とは、いま、若者が何となく抱いている願望を言い表した言葉である。実際に殲滅活動をしているわけではない。インターネットを介して、そういう気分になっていることが多いように感じた。２０１０年代がもう少し深まると、00年代をすこしまとめられるような気がする。でも２０１３年時点から振り返ると、現象や出来事よりも「気分が大事だった時代」におもえるのだ。

その気分を書き写してみた、ということである。

講談社現代新書六冊めになる。

スタッフは前五冊と変わりない。担当編集が講談社の川治豊成。進行に咲本英恵。いつも一緒に作ってくれているメンバーである。

ではまた。

講談社現代新書 2232

やさしさをまとった殲滅《せんめつ》の時代《じだい》

二〇一三年一〇月二〇日第一刷発行

著　者　堀《ほり》井《い》憲《けん》一《いち》郎《ろう》

発行者　鈴木　哲

発行所　株式会社講談社

東京都文京区音羽二丁目一二―二一　郵便番号一一二―八〇〇一

電　話　出版部　〇三―五三九五―三五二一
販売部　〇三―五三九五―五八一七
業務部　〇三―五三九五―三六一五

装幀者　中島英樹

印刷所　凸版印刷株式会社

製本所　株式会社大進堂

定価はカバーに表示してあります　Printed in Japan

N.D.C. 384　214p　18cm
ISBN978-4-06-288232-3

「講談社現代新書」の刊行にあたって

教養は万人が身をもって養い創造すべきものであって、一部の専門家の占有物として、ただ一方的に人々の手もとに配布され伝達されうるものではありません。

しかし、不幸にしてわが国の現状では、教養の重要な養いとなるべき書物は、ほとんど講壇からの天下りや単なる解説に終始し、知識技術を真剣に希求する青少年・学生・一般民衆の根本的な疑問や興味は、けっして十分に答えられ、解きほぐされ、手引きされることがありません。万人の内奥から発した真正の教養への芽ばえが、こうして放置され、むなしく滅びさる運命にゆだねられているのです。

このことは、中・高校だけで教育をおわる人々の成長をはばんでいるだけでなく、大学に進んだり、インテリと目されたりする人々の精神力の健康さえもむしばみ、わが国の文化の実質をまことに脆弱なものにしています。単なる博識以上の根強い思索力・判断力、および確かな技術にささえられた教養を必要とする日本の将来にとって、これは真剣に憂慮されなければならない事態であるといわなければなりません。

わたしたちの「講談社現代新書」は、この事態の克服を意図して計画されたものです。これによってわたしたちは、講壇からの天下りでもなく、単なる解説書でもない、もっぱら万人の魂に生ずる初発的かつ根本的な問題をとらえ、掘り起こし、手引きし、しかも最新の知識への展望を万人に確立させる書物を、新しく世の中に送り出したいと念願しています。

わたしたちは、創業以来民衆を対象とする啓蒙の仕事に専心してきた講談社にとって、これこそもっともふさわしい課題であり、伝統ある出版社としての義務でもあると考えているのです。

一九六四年四月　野間省一